Brigitte Doppagne

Clara

Brigitte Doppagne

Clara

Eine Erzählung

Luchterhand
Literaturverlag

Umschlaggestaltung:
Luchterhand Literaturverlag (unter Verwendung
des Gemäldes »Sommerabend« von Heinrich Vogeler)
Satz: type team GmbH, Hamburg
Druck und Bindung: Freiburger Graphische Betriebe
Gedruckt auf:
»Alster Werkdruck« h'frei, geglättet, chlorfrei,
pH-neutral, alterungsbeständig
Steinbeis Temming Papier GmbH, Glückstadt
Printed in Germany
ISBN 3-630-86808-8

Für G.

Zwischen hohen Kiefern schimmerten die weißen Wände eines großen Hauses. Eine Gestalt in einem hellen Kleid sprang von einem Fahrrad und schob es den Waldhang hinauf, der Giebelfassade des Hauses und der davor gelegenen Estrade, an der rote und weiße Rosen emporrankten, entgegen. Vor der Tür und an den Enden der Estrade standen kleine Lorbeer- und Oleanderbäume. Die grünen Läden an den Fenstern waren aufgeklappt.

Clara ging mit ihrem Rad um das Haus herum zur breiten, grün und weiß gestrichenen Eingangstür. Sie lehnte es an eine der beiden mächtigen Kastanien, strich sich das vom Wind zerzauste Haar aus dem Gesicht, öffnete die Tür und trat in eine geräumige Diele.

Auf einem Leuchter brannten drei Kerzen, die sich als zitternde Schatten an den Wänden wiederholten. Von oben hörte sie Stimmen und Klavierspiel. Der lange Tisch war schon gedeckt; auf der Anrichte standen Schalen mit kalten Speisen vor den Zinnkrügen und den bunt bemalten Bauerntellern, daneben Sträuße von Levkojen und Georginen.

Leise stieg Clara die gewundene Treppe hinauf, sie wollte kein Gespräch stören, kein Lied unterbrechen. Auch hier, im »Weißen Saal«, brannten Kerzen. Die Flammen flackerten im Windzug und tauchten den Raum in ein unruhig sanftes Licht. Weiße Türen, über die Vasen gemalt waren, aus denen Rosenketten flossen, führten in andere Räume, dazwischen hingen kostbare Stiche. An der Fensterseite waren Stühle um einen runden Tisch gruppiert.

Vogeler stand vor dem Flügel und schlug spielerisch ein paar Tasten an. Lächelnd kam er auf Clara zu, verneigte sich vor ihr, nahm ihre Hand.

Schön, daß Sie gekommen sind. Es ist ein wunderbarer Sommerabend, wie geschaffen für ein Fest, sagte er und führte sie zu den anderen Gästen.

Paula, die Freundin, war da, Otto Modersohn, still und ernst, Carl Hauptmann, der Dichter, Milly, Paulas Schwester und die Malerin Marie Bock. In

einem Lehnstuhl, nahe dem Kamin, saß ein Fremder, bekleidet mit einer hochgeknöpften dunkelroten Weste, auf der ein silbernes Kreuz hing. Clara sah in ein schmales Gesicht mit feinen Zügen. Die Augen lagen tief; sie waren hell, von einem wässrigen, doch glanzlosen Blau.
Vogeler stellte die Gäste einander vor. Die Augen des Fremden, der Rainer Maria Rilke hieß, waren jetzt fast neugierig auf Clara gerichtet, wichen dann aber wieder vor ihrem Blick zurück.
Während sich Vogeler Marie Bock zuwandte, um ihr ein Miniaturgemälde zu zeigen, und Clara sich einen Stuhl heranrückte, begann Rilke: Ich kenne dieses Haus bisher nur im Winter. Es fügt sich besser in eine Sommerlandschaft als in Eis und Frost. Meinen Sie nicht auch?
Clara stimmte zögernd zu.
Die Wintertage hier, in deren Schweigen man sich zu verlieren glaubte, Tage voller blauer Schatten. Das Rascheln der Eisstücke auf den Kanälen und nichts als ein Entenruf ab und zu, das Flügelschlagen eines Schwans. In Schneeluft fühlte sie sich durchsichtig und schwerelos.
Seit ich hier bin, sprach Rilke weiter, ist mir, als lebte ich in einer vollkommen anderen Welt, ganz getrennt von der, die ich sonst kenne. Ein Kindertraum scheint hier für mich in Erfüllung zu

gehen: Der Traum, mit einem Schritt in ein Bild eintreten zu können, das eine Märchenwelt darstellt, die bald wirklicher wird als alles vorher Erlebte. Was ich erfahren, gedacht und empfunden habe, sehe ich hier in seiner Bedeutung in Frage gestellt. Es bekommt einen anderen Platz.

Er sprach bedächtig, schien jedes seiner Worte abzuwägen.

Und welchen? fragte Clara vorsichtig.

Drang sie damit zu tief in ihn?

Bis jetzt, antwortete Rilke, stellte sich mir mein Leben als eine Folge von Ereignissen dar, in der zwei unvereinbare Linien plan- und ziellos nebeneinander herliefen: das alltägliche Leben und die große Arbeit, die Kunst. Hier, in dieser Zurückgezogenheit, in diesem Haus außerhalb der lauten Städte, gelingt es, Kunst und Leben in Einklang zu bringen. Vielleicht ist dies ein Hinweis für mich, daß das scheinbar Unmögliche doch möglich, daß nicht die Erfahrung des Reisens das Entscheidende ist, sondern das Schaffen eines Raumes, in dem die Kunst den Vorrang hat, den Geist zur Ruhe zwingt, zum Horchen. Und mein bisheriges Leben wäre somit eine Vorbereitung gewesen zu sehen, daß Kunst gelebt, wirklich gelebt werden kann.

Beide sahen sie zu Vogeler hinüber, der mit Milly Becker sprach, während er in Notenheften blätterte. Der Stoff ihres blauen Kleides wurde im Widerschein der unruhigen Flammen lebendig. Sie sind Bildhauerin, habe ich gehört, nahm Rilke das Gespräch wieder auf. Das ist ungewöhnlich für eine Frau.

Er äußerte den Wunsch, einmal ihr Atelier besichtigen zu dürfen. Claras zustimmende Antwort wurde jedoch fortgeschwemmt von den Walzertakten, die in diesem Augenblick einsetzten. Alle blickten auf die junge Frau am Flügel, die die Hände mit wellenförmigen Bewegungen über die Tasten gleiten ließ. Neben ihr stand Vogeler, bereit umzublättern, und sich nun mit einer einladenden Bewegung der freien Hand an seine Gäste wendend.

Tanzen Sie? fragte Clara atemlos, als hätte sie bereits etliche Runden durch den Raum gedreht. Verzeihen Sie. Nein. Ich hasse den Tanz, sagte Rilke. Er preßte die Lippen leicht aufeinander. Als hätte er eine Speise angeboten bekommen, deren Anblick ihm widerwärtig ist, dachte Clara. Sie tanzte.

Sich drehen, die Lichter und Gesichter herumwirbeln sehen, verschmelzen mit den fließenden Tönen!

Carl Hauptmann hatte zaghaft seine Hand um ihre Taille gelegt, ein kleines schüchternes Tier auf ihrem Rücken, und er sprach von einem Stück, an dem er schrieb.
Clara nickte, konnte kaum zuhören. Später würde sie sich mit ihm unterhalten, später; jetzt wollte sie nur tanzen, sich von den Klängen einhüllen lassen.
Paula glitt vorbei, am Fenster stand Rilke, mit dem Rücken zum Saal. Ein unwilliger, fast trotziger Rücken, dachte Clara.
Mehrere Walzer, eine Mazurka, dann geriet Carl Hauptmann außer Atem, setzte sich und versicherte Clara, während er sich die feuchte Stirn mit einem Tuch abtupfte, er liebe die Musik, gewiß, besonders die Verbindung von Ton und Wort in den Liedern. Aber beim Tanzen werde ihm dann doch recht schnell schwindelig; und er lachte verlegen, nun ja, der Jüngste sei er schließlich auch nicht mehr.
Jetzt brach das Klavierspiel ab, man hörte auf zu tanzen, und Vogeler bat zum Essen. Rilke trat vom Fenster auf Clara zu, reichte ihr – Erlauben Sie? – seinen Arm und führte sie hinunter.
Er schob ihr am Tisch in der Diele den Stuhl zurecht, nahm neben ihr Platz, erkundigte sich nach ihren Wünschen.

Die Gläser warfen kleine Blitze. Der Wein schimmerte dunkel wie die Rosenblätter, von denen jedes Gedeck eingerahmt war.
Clara sah sich im gebogenen Türrahmen stehen, ein Mädchen von fünf Jahren, mit dunklen Zöpfen, in einem lindgrünen Kleid mit weißem Spitzenkragen. Die Eltern feierten das jährliche Frühlingsfest. Alles funkelte und glänzte, sämtliche Lichter brannten. Das Schönste war eine große Schale aus milchigem Blau, in der Rosenblätter schwammen.
Für Clara war es ein Märchen: Pyramiden aus Obst, mit Bändern verzierte Fische, Teller voller Butterlocken und ein riesiger gelber Pudding mit einer Krone aus Kirschen.
Clara durfte kurz bei den Erwachsenen sitzen und ein Stück Fisch essen. Dann war sie wieder in ihr Zimmer gegangen, mit dem Gedanken, niemals etwas so Schönes gesehen zu haben. Doch sie hatte nicht einschlafen können. Spät in der Nacht, als die Dunkeltiere aus den Ecken gekrochen kamen, war sie aufgestanden und wieder hinuntergeschlichen.
Die Tür hatte einen Spaltbreit aufgestanden und ihr ein Bild gezeigt, das sie vor Schreck zusammenfahren ließ: Der Tisch sah verwüstet aus, auf den Tellern häuften sich Brotreste, Knochen,

Fischgräten und Apfelsinenschalen, die Gläser standen stumpf da oder lagen umgeworfen in einer Lache, Servietten und Blumen verstreut auf dem Boden. Aus einem Nebenzimmer ertönte heftig das Klavier, jemand sang mit harter Stimme ein Lied in einer fremden Sprache, Frauen lachten schrill.

Rilke bediente sie weiter, reichte ihr Schüsseln und Teller, wies sie auf die besten Früchte hin. Er sprach von Rußland, seinem Aufenthalt dort, von Tischsitten und Trinkbräuchen, ausgedehnten Mahlzeiten mit berühmten altrussischen Gerichten.

In Gedanken wiederholte Clara die fremden Namen: Sakuska, Kwas, Mjasnaja Soljanka und Syrniki.

Bald hörten auch die anderen aufmerksam zu, und Rilkes Stimme wurde lauter. Sie schien nicht ganz zu ihm zu gehören, sondern glich eher einem Instrument, das man beherrscht und dessen Eigenschaften und Möglichkeiten einem vertraut sind. Mal war sie sanft und weich vibrierend, dann wieder fest und von feierlichem Ernst.

Er schilderte Rußland als ein weites Land mit alten Wäldern, ozeanbreiten Flüssen und Wiesen wie Faltenwürfe. Moskau, goldüberkuppelt,

Sankt Petersburg, die Stadt der hundert Inseln, der unzähligen schmiedeeisernen Gitter und Brücken, das Höhlenkloster in Kiew und das perlfarbene Licht der Nächte.
Eine Kutsche mit klingenden Glocken im Geschirr galoppierender Pferde, armselige Dörfer, Häuser mit Fenstern wie blinde Augen und Türen wie vor Schreck aufgerissene Münder, vor Entsetzen über die Langeweile, die Eintönigkeit der Jahre, den zähen gleichgültigen Fluß der Zeit.
Rilke auf dem Weg zu Tolstoi, seinem Landsitz Jasnaja Poljana. Ein hoher Park mit einer Birkenallee am Ende, als Zentrum und Ziel ein Altan. Die runde Bank vor dem Haus, der Brunnen.
Im Haus Säle mit Ahnenbildern – Nonnen, Edelmännern, weiß gepudert. Grünliches Licht überall. Dann das Warten im Besuchszimmer. Schnell geschlossene Türen, das laute Weinen eines Mädchens und gereiztes Flüstern; später die Begrüßung durch Madame Tolstaja, nervöse Befremdung im Gesicht.
Endlich Tolstoi selbst, ein ehrwürdiger Greis, gütig, milde, jedoch zerrieben zwischen dem Licht seiner Idee und den alltäglichen Angelegenheiten. Rilkes Stimme schwankte, als sei er überrascht über die eigenen Gedanken, als ver-

stehe er alles erst jetzt beim Sprechen, unter diesen Menschen. Tolstoi, ein alter wissender Prediger, doch mehr – Rilke zögerte, wurde leiser – wie sein eigenes Bild, sich seiner Rolle allzu bewußt. Er brach ab, erschrocken, verwirrt, fast beschämt.

Einer, der zuviel mitgeteilt hat, dachte Clara, vom Zerbrechen eines Ideals. Rilke blickte schnell um sich, wechselte das Thema, erzählte von einer Dampferfahrt auf dem Dnjepr, fand seine Ruhe wieder.

Aber Carl Hauptmann lenkte das Gespräch bald erneut auf die Literatur, auf Tschechow. Während er sorgsam eine Forelle von ihren Gräten befreite, verglich er dessen Erzählungen mit der Malerei, mit kunstvollen, manchmal etwas morbiden Pastellen, in denen sich eine klare Beobachtungsgabe zeige. Er habe kürzlich in Hamburg mit einem jungen russischen Diplomaten über die moderne Literatur seines Landes gesprochen, mit einem kunstinteressierten Menschen – und diese Neigung sei ja leider, fügte Carl Hauptmann schmunzelnd hinzu und legte das Grätenskelett seiner Forelle auf einen hierfür bereitgestellten Teller, bei Vertretern dieses Berufsstandes nicht gerade tiefgehend entwikkelt. Der Russe habe auch von Dramen Tsche-

chows gesprochen, die in den letzten Jahren in Moskau aufgeführt, aber noch nicht ins Deutsche übersetzt worden seien, von Stücken über die Unfähigkeit der Menschen, einander zu verstehen. Natürlich hoffe er, daß diese Stücke auch bald auf den deutschen Bühnen gespielt würden. Ob Rilke die Dramen kenne, da er doch die russische Sprache beherrsche.
Ich kenne sie sehr gut, sagte Rilke mit überlegenem Lächeln, im vorigen Jahr habe ich »Die Möwe« übersetzt und möchte mich nun an ein weiteres wagen. Tschechows Bekanntschaft konnte ich diesmal jedoch nicht machen. Ich bin sowieso, abgesehen von Tolstoi und einem Bauerndichter, mehr mit Malern in Rußland zusammengetroffen.
Glauben Sie, daß sich die Unruhen dort verstärken werden? Halten Sie einen Volksaufstand für möglich? fragte Carl Hauptmann. Es scheint ja doch eine wachsende Unzufriedenheit im Lande zu geben, zumal der Zar nicht in der Lage ist, die Probleme der Industrialisierung zu meistern. Was denken Sie?
Nein, ich glaube nicht an eine Revolution, sagte Rilke mit Nachdruck. Natürlich gibt es Probleme, vor allem, weil die industrielle Entwicklung so spät und dafür umso heftiger eingesetzt hat. Aber

eine wirkliche Revolution, nein. Die Bolschewiki und Menschewiki sind nicht stark genug, und die Verehrung des Zaren durch das Volk ist groß.

Nach dem Essen ließ sich Rilke von einem Bediensteten ein Tablett bringen, das, wie er sagte, in seinem Zimmer auf einem Schränkchen stand und auf dem er russische Mitbringsel verteilt hatte: Dosen und Schatullen aus Holz, mit farbigglänzendem Lack überzogen, winziges Spielzeug, das Bären oder Fabeltiere darstellte, mehrere fremdartig verzierte Kreuze und Bücher mit Gedichten russischer Dichter.

Zum Abschluß reichte Rilke Ikonen und Photographien von Kirchen und anderen russischen Gebäuden herum. Clara sah sich die Holzbilder aufmerksam an, verglich die Anordnung der Figuren auf den einzelnen Ikonen miteinander, die Farben und den Ausdruck der Gesichter.

Mittendrin bemerkte sie, daß Vogeler leise aufstand und den Raum verließ. Als er nach längerer Zeit nicht zurückkam, legte sie die letzte Ikone, die sie noch in den Händen hielt, zur Seite, öffnete die Dielentür und trat hinaus in die sommerwarme Luft.

Tisch und Bank unter den Kastanien waren leer. So ging Clara zum kleinen See hinunter, wo sie

Vogeler in einem Boot sitzend fand. Er blickte auf, lächelte und half ihr in den Kahn.

Wissen Sie noch, begann er, wie es hier einmal ausgesehen hat? Aber Sie sind ja erst später zu uns gekommen. Eine Hütte mit weit heruntergezogenem Strohdach voller Moos, die Eiszapfen hingen bis auf den verschneiten Boden. Sie waren von einem lichten und klaren Blau. So habe ich mein Haus zum ersten Mal gesehen. Dann kam das Frühjahr, das Strohdach war zum großen Teil heruntergenommen, da ich ein besseres Dach für nötig hielt. Nachts lag ich im halboffenen Haus, hatte mir eine Bettstelle aus Decken und Mänteln angefertigt, las, zeichnete und machte mir Notizen, all das unter einem aufgespannten Regenschirm ... Ich werde jetzt einen kleinen Birkenwald pflanzen, der Landstraße zu. In Stille möchte ich hier leben und die Vergangenheit nachklingen lassen. Sagt man nicht, daß eine schöne Umgebung die Herzen gut und gerecht werden läßt?

Meine Träume, die Bilder, die ich male, die Dinge und die Gedanken der Menschen, die in meinem Haus leben oder hier ein und aus gehen, werden eins sein. Und immer möchte ich Musik um mich haben, damit die Traurigkeit sich nicht unbemerkt einnistet.

Soll ich uns um die Insel rudern?
Clara nahm eines der Ruder, stakte damit das Boot vom Rand des Teiches und tauchte dann die Ruder gleichmäßig ins tiefgrüne Wasser.
Sie erinnerte sich an Vogelers Erzählung, wie er einige Jahre zuvor Rilke in Florenz kennengelernt hatte, auf dem flachen Dach eines Palazzo, dem man ein Zimmer aufgesetzt hatte, mit einem winzigen Garten drumherum; Kulisse einer stummen Begegnung, für die beide erst später Worte fanden.
In dem schwachen Licht, das die Wandlaternen außen am Haus auf den See warfen, konnte Clara Vogelers Gesicht nur schemenhaft erkennen: die kurze Nase, den kleinen entschlossenen Mund und die dunklen Augen, die nie lange bei ihrem Gegenüber verweilten.
Ein Kindergesicht, dachte Clara. Er wirkte glücklich. Bald würde er nicht mehr allein sein, sondern mit einer Frau in diesem Haus leben.
Bei der Insel angelangt, ließ sie die Ruder in den Scharnieren und sah hinauf in die Pappeln. Es war sehr still: Keine Arbeitsgeräusche drangen mehr aus dem Moor zu ihnen, kein Gespann kam die Landstraße daher, kein Hund bellte. Ab und zu zwitscherte ein Vogel, aus dem Schlaf geschreckt, oder Clara hörte einen Apfel vom Baum

ins hohe Gras fallen, dort, wo der Garten in einen verwilderten Park überging und zwischen Wacholderbäumen und Brombeerbüschen Löwen aus Stein lagen, moosüberzogen, in der Haltung des Wachens, als würden sie beim geringsten Laut lebendig.
Ich hoffe, Rilke wird uns noch etwas vorlesen, sagte Vogeler in die Stille.
Sollen wir zurückkehren? Clara beugte sich nach vorn und griff nach den Rudern.
Ja, bitte, ich kann meine Gäste nicht so lange warten lassen. Daß es immer so sein muß: Wie gern bereite ich Feste vor, stelle die Speisen, die Getränke zusammen, wähle Blumen für den Tisch, suche Noten für den Tanz aus oder für Milly Becker, wenn sie für uns singen will. Und am Tag des Festes selbst, wenn alles vollendet ist, kann ich nichts mehr genießen, fühle mich nutzlos, muß vor mir fliehen, selbst vor meinem Haus. Wenn ich auch Gastgeber bin, so sind Sie und die anderen doch im Grunde diejenigen, die meine Feste gestalten.
Clara wollte antworten, Verstehen ausdrücken, doch er sprach gleich weiter, von seinen Reisen – Holland, Italien, München, Dresden –, daß ihn nun nichts mehr in andere Länder ziehe, da er jetzt sein Haus hergerichtet habe und es noch

schöner gestalten wolle. Er wolle auch nicht mehr zu den Menschen gehen, sondern sie zu sich in seine Welt holen.

Nein, ich zeichne und male in diesem Sommer nicht viel, sagte er, ich entwerfe Möbel, Schmuck, Geschirr, ein neues Zimmer. Sie müssen einmal allein kommen und mir Ihre Ansicht darüber sagen.

Sie legten an, und Vogeler half Clara aus dem Boot, führte sie zum Haus zurück.

Auf dem Weg nahm er schnell ihre Hand, drückte sie leicht, sagte nur – danke – und machte sie auf einen Igel aufmerksam, der schnaubend vor ihnen durch das Gras flüchtete.

Sie hörten Carl Hauptmann mit erhobener Stimme sprechen, sahen ihn durch die geöffnete Tür mit heftigem Schritt in der Diele hin und her gehen, die eine Hand auf dem Rücken unter dem braunen Rock, mit der anderen lebhaft gestikulierend.

Darin stimmen wir doch überein, sagte er gerade, daß es unsere Aufgabe ist, Beobachter zu bleiben und die Veränderungen aufzuzeichnen, die um uns herum geschehen. Aber denken Sie wirklich – und seine Stimme nahm eine bittere Färbung an – daß aller Wandel ohne Einfluß auf unser Inneres bleibt? Wir haben den Fortschritt zur neuen Mythe der modernen Welt erhoben. Die Wissenschaft bietet uns bislang unbekannte Mittel, um Raum und Materie zu erobern; wir gewöhnen uns langsam an Phänomene wie die Elektrizität, Dinge wie Automobil und Telephon. Die Bewegung ist uns zum Lebensprinzip geworden, Ausdruck der Energie an sich, und der Entwurf einer statischen, für immer geschaffenen Welt ist vom Bild einer werdenden, erst am Anfang ihrer Möglichkeiten stehenden Welt ersetzt worden. Glauben Sie, wir Menschen seien so fest und stark, daß uns dies alles nur an der Oberfläche berühre?

Clara machte Marie Bock, die am Ende des Tisches nahe der Dielentür saß, Zeichen, stellte stumme Fragen, doch die andere hob ratlos die Schultern.

Carl Hauptmann blieb einen Augenblick vor Rilke stehen. Nur sie beide waren an dem Streitgespräch beteiligt, die anderen folgten still. Rilke, der an einem der schweren Stühle lehnte und die Arme aufgestützt hatte, erwiderte ruhig: Auf unser Denken hat die moderne Zeit sicherlich einen gewaltigen Einfluß, aber wie kann sie sich auf unsere Seele auswirken? Die ist fest und seit Jahrtausenden, ja, seit es den Menschen gibt, eine Konstante, die sich höchstens zwischen Gut und

Böse, dem Göttlichen und dem Diabolischen bewegt.

Sie verkennen die Gefahren, die die Zeit und ihre Errungenschaften mit sich bringen, sagte Carl Hauptmann, schüttelte den Kopf und nahm seinen unruhigen Gang wieder auf. Die Industrialisierung, das Wachsen der Städte, die zunehmende Spezialisierung der Berufe und Zuständigkeiten haben den Wechsel der Eindrücke und Reize, die uns bestürmen, dermaßen beschleunigt, daß der Mensch sich nicht mehr als einheitliches Wesen empfinden kann.

Sind Sie etwa einer von denen, die meinen, daß wir unsere Seele verloren haben, innerlich zerrissen und ohne Charakter sind? warf Rilke in scharfem Ton ein.

Nein, verloren haben wir sie nicht, aber sie verändert sich im Rhythmus des äußeren Wandels. Sie besteht nurmehr aus einem Komplex von Empfindungen und Vorstellungen, der ständig anders zusammengesetzt, ein bloßes Bündel von Eindrücken, Farben, Tönen, Gerüchen und Gefühlen ist. Das ist eine große Gefahr, die dem Menschen droht, besonders uns Schreibenden.

Clara sah, wie Vogeler neben ihr seine Hände in den Taschen seines Biedermeierfracks ver-

krampfte und das Geschehen mit vor Ärger zusammengepreßten Lippen verfolgte. Sie standen immer noch in der Tür, während Carl Hauptmann erregt weitersprach.
Rilke hatte sich aufgerichtet und die Arme vor der Brust verschränkt. Ich weiß, daß es literarische und philosophische Strömungen gibt, die den Menschen und die Zeit derart zersplittern, daß nichts mehr von ihnen übrigbleibt als Bruchstücke. Aber Sie wollen mir doch nicht im Ernst einreden, daß dies mehr ist als eine Mode! Wären Ihre Meinung, Ihre Ideen wirklich ein unvermeidliches Ergebnis der Zeitumstände, so hieße das, es gäbe keine verbindlichen, allgemeingültigen Inhalte mehr. Der Zweifel würde zum Denkprinzip erhoben, und Erkenntnis, Moral, Tradition und Religion wären nurmehr Begriffe der Vergangenheit. Sollten Sie persönlich auch nicht zu den Menschen gehören, die spüren, daß ihre Seele in ihnen verwurzelt ist, als Verbindung zum Göttlichen, so können Sie das noch lange nicht verallgemeinern.
Und wenn Sie uns vielleicht noch etwas vorläsen? Gedichte? Eine Erzählung? wandte sich Vogeler an Rilke, bemüht, dem Gespräch, das an Schärfe zunahm und die Gäste zu beunruhigen begann, ein Ende zu setzen.

Rilke willigte gleich ein und nahm ein ockerfarbenes Buch von der Anrichte. Carl Hauptmann machte eine hilflose, um Verzeihung bittende Handbewegung und setzte sich.
Auch Clara und Vogeler nahmen wieder zwischen den anderen am Tisch Platz, während Rilke sich neben den Kamin stellte, nicht posierte, eher wie zufällig dastand, im schwachen Lichtkreis der inzwischen weit heruntergebrannten Kerzen.
Clara sah ihn in dem Band blättern, suchen, auswählen.
– Ich bin zu Hause zwischen Tag und Traum. / Dort wo die Kinder schläfern, heiß vom Hetzen, / dort wo die Alten sich zu Abend setzen, / und Herde glühn und hellen ihren Raum. –
Eine Glocke, die ruhig schwang, eine Stimme, die den Raum ausfüllte.
Aber irgend etwas in Clara wehrte sich gegen die Feierlichkeit, die jetzt aufkam. Rilke las weitere Gedichte, danach ein paar Balladen; jeder Satz, so empfand es Clara, nahm dem abendlichen Zusammensein seine Leichtigkeit und gab ihm dafür eine triste Färbung.
Nach einer Weile klappte Rilke das Buch zu und legte es behutsam auf den Rand des Kamins, drehte sich wieder um, hob die Hände in einer

beschwörenden Geste und begann frei zu sprechen.

– Es kommt nur auf das eine Wachsen an über die allertiefsten Dinge ... –

Clara lehnte sich in ihrem Stuhl zurück und schloß die Augen. Immer um diese Stunde überfiel sie eine große Müdigkeit und breitete sich, einem feuchten schweren Nebel gleich, in ihren Gliedern aus. Wie gelähmt fühlte sie sich dann, unfähig, sich zu rühren oder einen klaren Gedanken zu fassen. Nichts sehen, nichts hören, nichts sprechen. Ein Tier in Winterstarre, stockendes, angehaltenes Leben. Dazu eine Leere, nicht Wehmut oder Trauer, einfach Leere. Nur wenn sie allein war, genoß sie diese Augenblicke, in denen etwas Fremdes langsam durch ihren Körper kroch, sie bis in ihre Fingerspitzen ausfüllte.

Sie hörte Rilkes Stimme, einzelne Worte. Was war es nur an ihm, das sie anzog, so daß sie die Augen oft kaum von ihm abwenden konnte? Und im nächsten Moment war wieder etwas Widerstrebendes in ihr, irgend etwas mißfiel ihr, verwirrte sie, machte ihr sogar Angst.

– Er, der am fremdesten zum Leben steht, ist wie der Türmer über einer Stadt ... –

Langsam wich die Müdigkeit von ihr, der Nebel

drängte in ihrem Kopf zusammen, um sich dann aufzulösen, plötzlich und übergangslos.
Rilkes Stimme wurde leiser und schwächer. Niemand sprach, als er sich wieder an den Tisch gesetzt hatte. Erst als Rilke nach einer Karaffe mit Wasser griff und sein Glas füllte, wagten die anderen, sich zu rühren, lobten den Vortrag, bedankten sich.
Du bist so weit weg an diesem Abend, Freundin.
Es war Paula. Sie zog einen der Lehnstühle heran und setzte sich neben Clara.
Wenn das Wetter es zuläßt, wollen wir morgen eine Kahnfahrt machen, Modersohn, Rilke und ich. Kommst du mit uns? Gern.
Und Vogeler? Begleitet er uns nicht? Rilke ist doch sein Gast.
Nein, er hat keine Zeit, sagt er. Es gibt für ihn etwas Unaufschiebbares in Bremen zu erledigen.
Paula nahm eine Haarsträhne, die sich gelöst hatte und steckte sie mit einer sicheren Bewegung in den schweren Haarknoten.
Paula. Die Freundin. Ihr Blick warm und klug. Anders, manchmal fremd und doch nah. Gemeinsamer Weg. Herbst in Worpswede. Sie hatten die gleichen Modelle, zeichneten, malten, verglichen. Holzschuhe an den Füßen; letzte weiße

Wollgrastupfer in den Wiesen, der meckernde Schrei der Bekassinen über ihnen.
Und Paris, weißt du noch? Als sie die Farbe wie ein Geheimnis entdeckten. Cézanne. Stilleben aus alten Äpfeln und Weinflaschen. Ein langer Laib Weißbrot, zwei Eier, ein blechernes Milchgefäß. Kein edler Faltenwurf, kein kostbares Geschirr, weder Silber noch Seide. Nur Farbe. Erdige Töne. Ocker, Zinnober, dichtes warmes Blau, ein Grün von schattenloser Tiefe, und wie nah beieinander Rot und lebendiges Schwarz, das den Strom der Farben nicht unterbricht. Auf jeder Frucht sammelt das Licht seine Strahlen, klettert über die faltige Haut eines Apfels, um wieder auf das Tischtuch zu tropfen.
Oft saß Clara mit Paula in deren Atelier beim Bauern Brünjes und ließ in Gedanken und Gesprächen mit ihr die Farben Cézannes wieder aufleben. Ein Eckzimmer war es, der Landstraße zu gelegen, verborgen hinter einer verwilderten Rotdornhecke. Entwürfe an den Wänden: von Arbeit gezeichnete Frauenkörper, magere frierende Mädchen, kohlegeschwärzt. Stapel von Büchern und Skizzen, die Gitarre und ein Krug mit Feldblumen, überall Blumen. Und ein Spiegel, oval, von gläsernen Rosen umrahmt, rot und milchigweiß.

Paula, die fragend und leuchtend war, wo sie wartete und zusah, die sie an Bilder von Frauen aus früheren Jahrhunderten erinnerte, die aufrecht und mit geschmeidigem Gang unter Sonnenschirmen über Wiesen gehen, das Kleid gerafft, den Kopf ein wenig geneigt, als horchten sie. Daneben sie, Clara, immer zu groß, unbeholfen und eckig. Oft versuchte sie, die Bewegungen klein zu halten, weniger Raum zu beanspruchen. Doch dann fühlte sie sich gefangen in sich selbst, einer Marionette gleich, die seelenlos die Glieder bewegt, einem fremden Willen gehorchend.

Paula, die stets die richtigen Worte fand, die um ihren Weg zu wissen schien, während Clara tastete und suchte, der Zukunft mit Zurückhaltung begegnete.

Gerade betrat Vogeler den Raum. Er hatte neuen Wein aus dem Keller geholt. Carl Hauptmann öffnete die Flasche, bat jeden Gast, ihm sein Glas zu reichen, goß ein, prüfte, hielt die Gläser gegen das Kerzenlicht.

Vogeler fing an zu erzählen. Eine Szene aus Brügge, der Stadt, von der sich das Meer vor langer Zeit zurückgezogen hat, der Stadt der gewundenen Gassen, der efeuüberzogenen Palais mit den geschwärzten Giebeln an den Kanälen,

Brügge mit seinem nadelfeinen Regen und dem beharrlichen Klang der Glocken.

Dort also ein alter Mann, gekleidet wie ein Mönch in eine lange schwarze Kutte, von einem Gürtel aus Hanf gehalten, darüber ein weiter Mantel mit großer Kapuze. Dieser Mann, sagte Vogeler, von dem kein Bewohner der Stadt wußte, ob er je ein Gelübde abgelegt hatte, stand jeden Tag auf einer der steinernen Brücken, die über die Grachten führen, spielte schwermütige Melodien auf einer Flöte und hielt immer wieder Passanten an, Reisende meist. Dann riß er die Augen auf, führte die Fremden mit galanter Geste zum Brückengeländer und begann, während er sich ängstlich nach allen Seiten umsah, darüber zu sprechen, wie sich vor mehr als einem halben Jahrhundert ein junges Mädchen eines Nachts in den Kanal gestürzt habe. Schön sei sie gewesen, sagte der alte Mann, schöner selbst als die Jungfrau Maria, die gebenedeit ist unter den Weibern.

Am nächsten Tag habe man das Mädchen gefunden. Die Ratten hätten ihren mittlerweile aufgedunsenen Körper zu einer der kleinen Treppen gezogen, von denen aus die Boote bestiegen wurden, das Mädchen selbst aber nicht weiter angerührt. Aus Ehrfurcht vor ihrer Schönheit, raunte der alte Mann.

Die Beginen hätten sich schließlich des Mädchens angenommen, es in ihrem Kloster aufgebahrt, und alle Häßlichkeit der Art ihres Todes sei wie das Wasser der Grachten von ihrem Leib abgetropft.

In der Vollkommenheit ihrer früheren Erscheinung habe sie zwischen den Trauerblumen gelegen, mit ihrem dunkelgewellten Haar, den vollendet geschwungenen Brauen, den nun sanft geschlossenen Augen und der feinen Zeichnung von Nase und Mund. Neben den Lippen habe das Mädchen drei winzige Leberflecke gehabt, die ein Dreieck bildeten.

Und an dem Tag, an dem das Begräbnis gewesen sei, hinter den niedrigen ziegelgedeckten Mauern des Beginenhofes, habe eine Frau aus der Stadt ein Kind geboren, ein Mädchen, mit drei kleinen Leberflecken neben dem Mund, geformt zu einem Dreieck.

An dem Punkt habe, so Vogeler, der alte Mann seinen Bericht jedesmal abrupt beendet und sei in ein lautes Lamentieren ausgebrochen, um dann mit drohend erhobener Hand von den Schrecken der Hölle zu sprechen und seinen Zuhörern ein düsteres Bild von den Strafen auszumalen, die über den Menschen verhängt würden, wenn er sich Gottes Geboten nicht unterwerfe.

Münzen, die ihm angeboten worden seien, habe der Alte nicht angenommen, sondern sich die Kapuze übergestülpt, die zitternden Hände in die weiten Ärmel seiner Kutte geschoben und sei mit gesenktem Kopf in einer der nahen Gassen verschwunden.

Er, Vogeler, habe die Geschichte des alten Mannes nicht vergessen können und sei bei seinem nächsten Besuch in Brügge, nachdem sich die Szene vor seinen Augen wiederholt habe, ins Archiv der Stadt gegangen und habe dort in alten Büchern geblättert.

Nach mühevollem Suchen, während er immer ungeduldiger der Spur gefolgt sei, sei er auf eine Notiz vom 25. August 1845 gestoßen.

Dort hieß es, die einzige Tochter des Advokaten und Rechtsgelehrten Auguste Lelocley mit Namen Marie-Beatrice habe im Alter von siebzehn Jahren, sechs Tage vor ihrer Heirat mit dem wohlhabenden Kaufmann Philippe Marchepuis, ihrem Leben unter den zürnenden Augen Gottes ein Ende gesetzt.

Weiter habe dort nichts über das unglückliche Mädchen gestanden. Am Rand aber habe Vogeler in einer anderen Handschrift eine Marginalie gefunden: Geburt von Madeleine Sabry. Das gleiche Mal neben den Lippen!

Es lag nahe, endete Vogeler, daß es mit dem Lebensweg dieser Madeleine Sabry etwas Besonderes auf sich hatte. Aber ich konnte nichts Derartiges ausfindig machen. Sie besuchte die Schule, erlernte die Kunst des Klöppelns, verheiratete sich und starb im Alter von siebenunddreißig Jahren bei der Geburt ihres achten Kindes. Keine Unregelmäßigkeiten, nichts Außergewöhnliches.

Und der alte Mann? fragte Paula.

Clara wußte, daß die Freundin Geschichten über mysteriöse Geschehnisse besonders liebte.

Vogeler trank einen Schluck Wein, überlegte einen Augenblick und sprach dann weiter.

Niemand kannte seinen Namen. Aber es gab eine Vermutung. Der Leichnam der Marie-Beatrice Lelocley war obduziert worden, und man hatte festgestellt, daß sie schon seit etlichen Monaten ein Kind trug. Von hier aus läßt sich ein sinnvoller Zusammenhang herstellen, da zudem in den Tagen nach ihrem Begräbnis ein junger Mann, ein begabter Goldschmied, spurlos aus Brügge verschwand. Vor wenigen Jahren tauchte plötzlich der greise Mönch auf, und mancher meinte, in seinen Zügen das Gesicht von Jean-Louis Chabert, dem Goldschmied, wiederzuerkennen.

Vielleicht, daß sie sich liebten, sie aber dem Reicheren versprochen war und in ihrer Not keinen anderen Ausweg als den Tod sah, auch wenn sie das Kind möglicherweise hätte im Verborgenen zur Welt bringen und an fremde Eltern geben können. Und er verließ die Stadt, weil ihn dort nichts mehr hielt und kehrte als betagter Mann zurück, im Gedanken an die frühere Geliebte und in nichts mehr Trost findend als im Gespräch mit seinem Gott. Doch wer weiß, ob der junge und der alte Mann ein und derselbe sind. Die Menschen glauben nur zu gern an derartige Zusammenhänge und sehen leicht Ähnlichkeiten, wo es gilt, einer Legende von Liebe und Tod zu folgen.

Und Sie, lieber Vogeler, was glauben Sie? Rilke beugte sich in seinem Stuhl vor und sah seinen Gastgeber aufmerksam und bittend an, als sei dessen Antwort für sein Leben von tieferer Bedeutung.

Ich denke, es ist nicht wichtig, ob die Ereignisse so stattgefunden haben, wie wir sie uns ausmalen. Viel wichtiger ist, daß der alte Mann eine Geschichte *lebt*, eins mit ihr ist, ganz gleich, ob es tatsächlich die seine ist oder nicht. Für mich waren die Begegnung mit dem Greis und meine Nachforschungen ein Hinweis darauf, wie nah sich Traum und Wirklichkeit sind, wie wenig wir von dem wissen, was dazwischenliegt und von

dem die meisten von uns nur wenige Male in ihrem Leben eine Ahnung bekommen.
Ist es nicht auch bemerkenswert, fiel Carl Hauptmann ein, daß es rätselhafte Ereignisse gibt – hier die Geburt des kleinen Mädchens mit eben den gleichen Muttermalen im Gesicht –, unerforschliche Geschehnisse, die sich zutragen, aber im Menschen nicht weiterwirken, ohne Folgen bleiben, als eine unerklärliche Frage sein Leben durchziehen.
Ja, da haben Sie wohl recht. Rilke lehnte sich aufatmend in seinem Stuhl zurück, in dem er die ganze Zeit über angespannt wie auf der Lauer gesessen hatte, die Enden der Armlehnen fest mit den Händen umschlossen.
Clara meinte, jetzt ein Zittern über sein Gesicht laufen zu sehen, aber seine Gestalt war im Schatten verborgen, sie war sich nicht sicher. Was hatte Vogelers Erzählung in ihm berührt?
Einen Augenblick war Stille, ein Nachtvogel schrie aus dem Wald herüber, und der Duft der Kastanien wehte zu ihnen herein. Paulas Kleid raschelte, als sie aufstand und zu Otto Modersohn hinüberging, der gerade Tabak in den Kopf seiner langen Pfeife drückte.
Vogeler ließ vom Hausmädchen Gebäck holen und prüfte erneut, ob alle Gläser gefüllt waren.

Manchmal, dachte Clara, hat er als Gastgeber wirklich etwas Unruhiges, beinahe Fiebriges. Kleine Blicke und hastige Bewegungen zeigen die Angst davor, daß die Vollkommenheit der Form zerbricht, ein Verschieben der Kulisse den Blick auf das freigibt, was dahinter ist: Stangen, Seile, Gerüste, ein Seelenreich, das niemand kennt und kennen soll.

Sie sah, wie Carl Hauptmann Vogeler ansprach, vernahm einzelne Wörter, lachte in sich hinein, da sie erkannte, worum es ging.

Nun, ich denke, und Vogeler wandte sich an alle, diesen Vorfall müssen wir unserem Dr. Hauptmann en détail berichten, denn es kommt ja nicht oft vor, daß unsere Frauen derartige Heldentaten vollbringen!

Er zwinkerte Clara zu, zauderte, als wartete er auf ihre Zustimmung, überließ es aber dann doch Modersohn, die Anekdote zu erzählen.

Paula und Clara an einem Sonntagabend im August. Sie hatten Lust zu tanzen, aber es gab weder eine Hochzeit noch ein anderes Fest. So stiegen sie auf den Turm der Kirche, schauten über die Felder, den Wald, den Weyerberg und begannen, von den Glocken unwiderstehlich angezogen, zu läuten, Clara die große, Paula die kleine Glocke.

Wie ein Rausch war es, als könnte man mit den Klängen fortfliegen, warf Paula ein.
Aber das Ganze hatte ein Nachspiel. Lehrer und Pastor waren bleich und zornig, der Kirchhof schwarz vor Menschen, die erfahren wollten, wo es brenne, die Wasserspritze unten im Dorf war bereits eingespannt. Es gab einen Antrag auf Strafe, ein Hin und Her und schließlich zur Versöhnung von Clara gestiftete pausbäckig modellierte Puttenköpfe und von Paula ein Rankenmuster für die Balken der Kirche.
Sie müssen es sich ansehen, Dr. Hauptmann, schloß Modersohn und zog lange an seiner Pfeife, die Engelsköpfe haben den Übermut in den Augen, und die Ranken mit den prächtigen Sonnenblumen tragen das weitklingende Schwingen der Glocken in sich.
Jetzt wurde es lebhafter um den Tisch herum. Gläser klirrten, und Lichter flammten auf. Heiteres wurde erzählt. Wie Vogeler mit Clara und Marie Bock an die Küste fährt und Clara mit dem Fahrrad in einem Chausseegraben mit Wasser landet. Wie Paula einige Nächte in der Dorfgaststätte übernachten muß, weil ihr Atelier bei Brünjes noch nicht hergerichtet ist, und ihr mitten im schönsten Traum das Bett durchbricht. Wie sie Clara zum Silvesterabend nach Paris folgt

und sie mit einem Klaben, selbstgebacken, überraschen will, der sich aber als derart hart erweist, daß sie später damit Nägel in die Wand schlagen können. Und wie Mackensen die Rendezvous mit seinen Schülerinnen durcheinanderwirft und unversehens mit zweien gleichzeitig am Findorff-Denkmal steht.

Daß Clara eine der Frauen gewesen war, wurde zum Glück nicht erwähnt. Weil sie nichts von geteilten Gefühlen hielt, waren sie und Mackensen von da ab nur noch sachlich miteinander umgegangen.

Paula setzte sich an das Klavier, das neben dem Treppenaufgang stand, spielte Balladen und ein Trinklied, das Carl Hauptmann sie noch einmal zu spielen bat, da es ihn an seine Jugendzeit erinnerte. Paula und er sangen ein paar Strophen, Vogeler ließ sich seine Gitarre geben und schlug Akkorde dazu an.

Clara sah Rilke seinen Stuhl zurückschieben, mit einem kurzen Blick auf Vogeler, abschätzig und enttäuscht, den Raum verlassen. Den Rücken ihnen zugewandt, stand er draußen vor der Tür, ein Schattenriß in der hellen Nacht.

Obwohl Clara nicht verstand, warum er sich jetzt abwandte, jäh und schroff, spürte sie ihn nah wie im Gespräch, hörte seinen Atem gehen, als säße er neben ihr, sah ihn mit dem Fuß kleine Kreise im Gras malen, die Hände auf den Rücken gelegt, immer wieder ballten sie sich zur Faust.

Als sie alle Strophen des Liedes gesungen hatte und die Flammen der beiden Kerzen auf dem Klavier beinahe gleichzeitig in sich zusammensanken, lief Paula nach oben in den »Weißen Saal«, spielte dort weiter und forderte die anderen auf zu tanzen.

Vogeler fiel ein Tanzspiel mit Abzählreimen ein. Sie lachten über die Verse, die holpernde Musik, über sich selbst. Rilke fehlte.

Bei einem anschließenden Pfandspiel wollte keine rechte Stimmung mehr aufkommen; der Wein schmeckte Clara mit einem Mal schal. Modersohn äußerte den Wunsch aufzubrechen. Vogeler schlug vor, Clara zurück nach Westerwede zu begleiten, der Fußweg würde ihnen allen guttun. Zwei der Männer ließen sich eine Laterne geben. Aus der Ferne hörte man dumpfes Gewittergrollen; die Luft schien stillzustehen, sie war feucht und warm.

Das wird der letzte Sommertag in diesem Jahr gewesen sein, sagte Vogeler.

Sie nahmen den Weg über die Landstraße. Bald bildeten sich Gruppen: Vogeler wurde von Marie Bock in ein Gespräch über die Druckgraphik ver-

wickelt, Modersohn hatte Paula seinen Arm gereicht, und Carl Hauptmann ließ sich von Milly Becker ein italienisches Lied übersetzen.
Rilke ging neben Clara.
Wenn man sich vorstellt, daß einmal hier überall das Meer war. Ein überwältigender Gedanke, sagte er in ihre Stille hinein.
Am Horizont leuchtete ein Blitz auf und zerriß den dunklen, zitternden Himmel.
Mögen Sie unsere Landschaft? Aber bitte, meinte Clara lachend, denken Sie nicht, jetzt höflich sein und das Land loben zu müssen, nur weil ich hier lebe und in der Nähe aufgewachsen bin. Ich möchte wirklich Ihre Ansicht darüber wissen.
Rilke legte kurz die Hand auf den Sattel von Claras Fahrrad, strich hastig darüber und sah sie unsicher an.
In den ersten Tagen meines Aufenthaltes, antwortete er dann, dachte ich, ich könne diese Landschaft nicht ertragen. Sie ist so ernst, schwer und dunkel. Überall die Leute beim Torfstechen, an die Erde gebannt. Die gebeugten Rücken, die harten, vor Anstrengung leeren Gesichter. Die eintönigen Reihen der Torfpyramiden und -kegel, wenn sie zum Trocknen gestapelt sind. Die schwarzen Kanäle, das Moor und die sumpfigen Wiesen. Und wie erschrocken war ich über

das Aussehen der Birken! Bisher waren sie mir immer Sinnbild des Mädchens in ihrer biegsamen Schlankheit und dem lichterfüllten Laubwerk, so wie ich sie in Rußland gesehen habe oder auch hier an dieser Stelle – denn sie bogen in die Birkenallee ein, die nach Westerwede führte –, aber die im Moor, gespenstisch verwachsen, mit dem wilden Wurzelwerk und den sturmzerzausten Zweigen, wie alte einsame Frauen sehen sie aus.

Zuerst schien sich der weite große Himmel auf meine Schultern legen und sie niederdrücken zu wollen, eine Last, die ich nicht zu tragen vermochte. Alles war so gewaltig. Ich stand in der Landschaft, ohne daß sie mich wahrnahm oder mir die Gelegenheit gab, Teil ihrer Größe zu werden.

Dann entdeckte ich die Farbe, teils durch eigenes Sehen, teils durch Gespräche mit Vogeler. Ich sah den Boden nicht mehr nur schwarz oder tiefbraun, sondern auch rötlich oder violett schimmern und leuchten, wie von einem schweren Licht durchströmt.

Ja, es sind die Farben, die auch ohne starkes Licht leuchten, die mich in das Geheimnis dieser Landschaft hineingeführt haben; die roten Häuser mit ihrem Balkenwerk und den weißgestrichenen

Fensterrahmen, der schwimmende Himmel, die weißen flatternden Schleierhüte der Frauen, die roten Blusen – alles auf dem Hintergrund der Wiesen und der dunklen umgegrabenen Erde. Manchmal fühle ich mich nun schon eingebunden in das Geschehen der Natur, das Werden, Wachsen und Blühen, das Absterben und Vergehen. Der Himmel lastet auch nicht mehr schwer auf mir, sondern ich spüre, daß ich freier atmen kann angesichts dieser sich ständig verändernden Weite, die mich zu sich emporzieht und mir die Angst davor nimmt, nur ein Detail in einem gewaltigen Gemälde zu sein. Niemals zuvor habe ich so deutlich verstanden, wie die Erde zusammengesetzt ist.

Eigentlich wollte ich hier in Worpswede meine Rußland-Erinnerungen niederschreiben, aber diese Landschaft hat so sehr Besitz von mir ergriffen, daß Rußland weit fortgerückt ist und ich nur alles, was mir hier begegnet, jeden Baum, jeden Menschen, jedes Wort, in mich aufnehmen will.

Das Ende der Birkenallee war erreicht. Die Felder und Wiesen lagen flach und dunkel vor ihnen, an manchen Stellen wurde der Himmel von fernen Blitzen durchzuckt.

Sie sind doch auch im Sommer nach Italien gereist, nicht wahr?

Nein, nicht in diesem Sommer. Das ist schon zwei Jahre her. Venedig habe ich gesehen, Florenz. Im Licht des Südens, das scharfe Schatten wirft, erscheint alles so einfach und klar. Aber den Winter würde ich dort nicht gern verbringen, wenn der Wind durch die leeren Palazzi weht und über die weiten Plätze wirbelt. Dann muß es sehr einsam werden in diesen Städten. Wäre Italien nicht etwas für Sie und Ihre Arbeit? Michelangelo, Leonardo, Raffael?
Sie haben recht, ja. Die Werke der großen Meister sollte ich einmal sehen. Clara richtete prüfend ihren Blick in den Himmel. Das Gewitter näherte sich nur langsam, sie würden noch rechtzeitig bei ihr eintreffen. Trotzdem ging sie ein wenig schneller, zumal sie und Rilke während ihres Gespräches hinter den anderen, die sie durch die zwei schwankenden Lichter im Dunkel ausmachen konnten, zurückgeblieben waren.
Italien. Auch Vogeler hatte begeistert davon erzählt, ebenso Studienkollegen in München, in Leipzig. Sie hatte Berichte von Reisenden gelesen, denen Rom und Florenz neue Kunst- und Seelenlandschaften entdeckt hatten und die in der Vergangenheit dieser Städte die eigene innere Zukunft fanden.
Stundenlang hatte sie über Bildern gesessen, in

Paris die Antiken- und die Renaissance-Sammlungen besucht, war sich aber mit Paula darin einig gewesen: Zu kühl, zu glatt waren sie in ihrer Vollkommenheit. Meisterwerke, gewiß, doch der Blick glitt haltlos an ihnen ab, es waren keine Widerhaken da, ihn zu fangen.

Ihr erschien der Süden zu grell und zu stark, sie mißtraute dem Offenen und alles Überstrahlenden. Das Einfache des Nordens war ihr näher, der rauhe Wind, die bäuerlichen Häuser, die vielen Schatten, die wie ein aufgespannter Fächer über dem Land lagen oder, einer riesenhaften Hand ähnlich, darüber hinwegzogen.

Inzwischen waren sie bei dem reetgedeckten Bauernhaus angelangt, in dem Clara wohnte. Sie lud die anderen dazu ein, eine Weile mit ihr hereinzukommen, vielleicht bis das Gewitter vorübergezogen sein würde. Da das Donnergrollen aber immer noch aus der Ferne kam, beschlossen sie, schnell den Rückweg nach Worpswede anzutreten.

Man verabschiedete sich, wünschte einander eine gute Nacht, und Clara vereinbarte mit Paula, sich am Vormittag bei Vogeler auf dem »Barkenhoff«, wie er sein Haus jetzt nannte, zu treffen.

Sie öffnete die Tür, ging durch die Viehdiele, in der die Kühe ruhig an ihren Plätzen standen und wiederkäuten. Manche begrüßten sie mit lautem Muhen und wandten die Köpfe zu ihr um. Clara strich der einen oder anderen über den Rücken, verscheuchte ein paar Fliegen und ging dann in ihr Zimmer, das an die Viehdiele anschloß.

Dort zündete sie zwei Kerzen an, stellte sie auf ihren Arbeitstisch und öffnete die Fenster. Sie löste ihr Haar, schüttelte es und schlüpfte aus dem schlichten weißen Kleid, das sie in diesem Sommer häufig trug. Auch die Schuhe stellte sie weg; sie spürte gern die Holzlatten unter ihren Füßen, federnd, knarrend und warm.

Clara hüllte sich in eine Decke und setzte sich auf den dreibeinigen Hocker am Tisch. Im Akt, würde Paula jetzt sagen. Sie kannte ihre »Kinder« noch nicht, das stehende Mädchen, das die Arme um den schmalen Körper schlang, das kniende Kind, das sich mit den Händen aufstützte, den sitzenden Jungen.

Clara nahm die feuchten Tücher von der Skulptur des Jungen, drehte sie in den Händen, ließ das flackernde Kerzenlicht über die tönernen Glieder spielen. Alles stimmte: die Wölbung des Kopfes, das vorgestreckte Kinn, der Rücken, ein sanft gespannter Bogen. Ein Bein halb angewinkelt, das andere ganz herangezogen, das Kinn darauf gestützt. Die Arme um den Körper gelegt.

Er hat einen unsichtbaren Kreis um sich, dachte Clara, ruht aus, verharrt in der Stille, horcht in sich hinein.
Sie brauchte kein Tuch mehr darüberzulegen, die kleine Skulptur konnte nun trocknen. Neuer Ton mußte angerührt werden, vielleicht würde sie es am Morgen tun, bevor sie zu Vogeler fuhr.
Ein Blitz erhellte den Himmel, der Donner folgte gleich darauf. Das Gewitter war jetzt nah.
In der Stube beim Bauern wurde es laut. Clara hörte Stühlerücken, die Bäuerin jammerte und betete laut das Vaterunser. Sicher saßen sie alle um den großen Tisch, der Bauer und die zwei Knechte rauchten ihre Pfeifen.
Auch die Kinder konnte sie hören, sie weinten. Draußen vor dem Fenster schlurfte die alte Inken vorbei, eine dunkle gebückte Gestalt, auf ihren hölzernen Stock gestützt, der das Beten der Bäuerin in gleichmäßigen Abständen mit seinem tock-tock begleitete.
Clara stand auf, legte die Decke auf den Schemel, blies die Kerzen aus, ging hinüber zu ihrem Kojenbett und setzte sich. Das Laken war angenehm kühl. Sollte sie sich mit der Familie des Bauern um die Kerze setzen, gemeinsam mit ihnen versuchen, den Blitz abzuhalten? Sie hatte es schon einmal getan und gespürt, daß sie

ein Fremdkörper war, nicht dazugehörte in diesem Augenblick der Angst und Sorge um den Hof. Nein, sie blieb in ihrem Zimmer.
Wieder ein Blitz, der das Dunkel durchzuckte und kurz das Zimmer erleuchtete: den Tisch mit den Skulpturen, den taubenblauen Schrank und das daraufgemalte Blumenmuster, die Kommode, in der eine Schublade fehlte, und den Waschtisch mit Schüssel und Krug. Darüber ein halbblinder Spiegel mit einem Rahmen aus rissigem Holz.
Es begann heftig zu regnen; Clara hörte es rauschen und das Reet hinunterrinnen, stand auf, schloß eilig die Fenster. Das Donnergrollen hatte sich entfernt, die Gefahr schien vorüber, und auch in der Stube des Bauern wurde es ruhig.
Clara hob ein Buch auf, das am Boden gelegen und nun ein feuchtes Deckblatt hatte. Schwedische Märchen. Ein Geschenk. Eine Widmung in Kinderschrift. Trolle. Kobolde. Elfen. Immer noch dieser ziehende Schmerz, wenn sie an die Freundin aus der Kinderzeit dachte. Das offene Grab, eine Blume, die unwirklich langsam durch ein Leben fiel.
Die Gefahr, sich an den Scherben der Vergangenheit zu schneiden, aber irgendwann würde die Erinnerung zu Staub zerfallen.

Als der Regen schwächer wurde und schließlich ganz nachließ, schlief Clara endlich ein. Ihr Schlaf war leicht wie das sonnendurchwebte Dämmern auf einer sommerlichen Wiese. Immer wieder erwachte Clara, hörte Vogelstimmen, die Familie des Bauern beim Frühstück und das allmorgendliche Geräusch, wenn die Kühe von den Ketten kamen und aus dem Stall getrieben wurden. Sie stand auf und öffnete ein Fenster. Eine gestreifte Katze sprang auf das Fenstersims und begann sich zu putzen.

Clara schlüpfte wieder unter die Decke, streckte einen Arm aus und sah zu, wie der Tag auf ihrer Haut hell wurde. Es war kühl; der dunkelwürzige Duft von feuchter Erde vermischte sich mit Tabakgeruch. Der Bauer stand wohl vor der Tür und rauchte die erste Pfeife.

Diese frühen Morgenstunden waren angefüllt mit einer anderen Zeit, die nicht die Stunden trennte, auf keiner Uhr zu finden war. Es war auch nicht die Zeit des Wartens, in der die Minuten langsam tropften, sondern eine schwebende Zeit, in der das Stundenglas durch einen winzigen Stein verstopft schien.

In solchen Augenblicken dachte Clara an die Frau, die sie auf Rømø, einer Insel in der Nordsee, gesehen hatte. Am Eingang des Ortes, zwischen

Dünen und Büscheln von harten Strandgewächsen, hatte an einer Weggabelung ein grasbewachsener Platz gelegen.

Eine alte Frau, die ein Kleid trug, das einmal festlich ausgesehen haben mußte, ging unablässig auf dem Rasenplatz hin und her, sprach lebhaft mit sich selbst, gestikulierte dann und wann, um daraufhin wie versteinert stehenzubleiben, die Hand über den Augen, den Blick in die Ferne.

Nach einiger Zeit nahm sie ihren Rundgang auf dem abgetretenen Gras wieder auf, begleitet vom klagenden Schrei der Möwen, die sich in Gruppen auf einem Felsen in der Nähe niederließen.

Vogeler und Marie Bock, mit denen Clara nach Rømø gereist war, hatten die Frau auch gesehen. Sie lachten bald leise in sich hinein, schüttelten die Köpfe und wollten weitergehen. Clara aber war wie gebannt von diesem Anblick gewesen: Ein Mensch, der am Rand des Meeres stand, das am Horizont mit dem Himmel verschmolz, und dessen Leben doch nur auf ein Fleckchen Erde begrenzt schien, das er abschritt, Stunde um Stunde, vielleicht Tag für Tag, gefesselt an den Zwang, aufs Meer hinauszusehen, Ausschau zu halten, nach einem Mann, der nicht wiederkehrte, einem Sohn, der verschollen war.

Ein kurzer Blick auf ein fremdes Schicksal, das Fragen aufwarf, die nicht zu beantworten waren. Gesichter, die man nicht vergaß, Wörter, die man auffing, die vielen Leben, im Vorübergehen gestreift, wie so oft schon in Paris, der Stadt, wo die Menschen wie eine gallertartige Flüssigkeit durch die Straßen rannen.

Doch die alte Frau am Meer hatte einen viel nachhaltigeren Eindruck auf sie gemacht. Immer wieder tauchte sie in ihren Träumen und Gedanken auf und ließ sie nicht mehr los.

Als es still war im Haus und der Bauer mit den Knechten auf die Felder gegangen war, stand Clara auf. Sie wusch sich und zog den langen grauen Bildhauerkittel an. Dann ging sie auf den Hof und holte Wasser aus dem Brunnen. Die Hühner auf dem angrenzenden Wiesenstück gakkerten aufgeregt, und der Hund des Bauern stupste Clara mit seiner feuchten Schnauze ans Bein. Clara lachte, kraulte ihm ein wenig den Nacken und trug das Wasser in ihr Zimmer. Dort goß sie es in eine Zinkwanne, in der trockene Tonstücke lagen.

Sie nahm ihr Skizzenbuch und einen dicken Bleistift vom Arbeitstisch, wischte sich die nassen Hände am Kittel ab, blätterte, verbesserte. Kinderakte, in genauen, durchgehenden Konturen gezeichnet, im Rhythmus ihrer Bewegung; Kinder in hockender, in kauernder Stellung, Kinder, die sich bückten, auf einem Schemel oder mit ausgestreckten Beinen auf dem Boden saßen. Rückenakte, kleine feste Gestalten.

Wenn sie vom Bootsausflug zurückkehrte, wollte sie wieder arbeiten. Ein hockendes Mädchen, die Arme fest um die angezogenen Knie geschlungen, den Kopf schräg darauf gelegt, beinah gepreßt. Ausprobieren, wie klein man sich falten kann, wie wenig Raum man benötigt, die Kraft auf einen inneren Punkt konzentrieren, nichts nach außen dringen lassen, denn nichts darf verlorengehen. Eine letzte Ergänzung zu den anderen Kinderfiguren sollte es sein. Alle zusammengehörig und jede doch mit einem eigenen Ausdruck.

Studien waren es; vielleicht würde sie sie ausstellen, wenn sich eine Gelegenheit bot. Später dann wollte sie Vogeler portraitieren. Sie hatten ausgiebig darüber gesprochen, Zeichnungen waren schon gemacht.

Il faut travailler, toujours travailler. Et il faut avoir patience, hatte Rodin gesagt.

Mut, Gedanken und Kraft sammeln. Versuchen. Wachsen. Werden. Die Arbeit: das Wichtige, Einzige. Rodin, der Meister, in der Mitte seiner Arbeit wie der Kern in der Mitte der Frucht. Von ihm hatte Clara gelernt, was es heißt, zu *schaffen*, dem Handwerk hingegeben, dem Material, Ton und Stein. An seinen Arbeiten erkannte sie, daß Schönheit nicht Ebenmäßigkeit oder Vollkommenheit bedeutete, sondern Wahrheit und Ausdruck.

Clara band sich das Haar im Nacken zusammen und ging durch die frisch ausgestreute Viehdiele in die Küche des Bauernhauses. Sie begrüßte die Magd und das Jüngste des Bauern, das am Boden hockte und mit Klötzchen spielte.

Sonntags oder an den Abenden saß Clara oft mit den Bauersleuten zusammen und ließ sich das Neueste aus dem Dorf berichten. Vor wenigen Wochen hatte sie beim Heueinbringen geholfen. Die anstrengende Arbeit in der glühenden Sonne hatte sie derart erschöpft, daß sie abends selbst zum Zeichnen zu müde gewesen war.

Der Kleine zeigte ihr stolz jubelnd einen Turm, den er gebaut hatte. Als dieser gleich darauf wieder zusammenbrach, nahm das Kind es gleichmütig hin.

Dann war Clara allein in der Küche. Die Magd hatte draußen zu tun, und der Junge war ihr gefolgt. Clara machte sich einen Topf mit Milch auf dem eisernen Ofen heiß, schnitt sich ein Stück Brot ab und bestrich es mit Butter.

Die Sonne fiel schräg in den großen Raum, glitt über Tisch und Stühle, den Herd und den Schrank mit Gläsern und Geschirr und malte Kreise auf die Steine am Boden.
Clara goß die heiße Milch in eine Tasse und setzte sich so an den breiten Holztisch, daß ihr die Sonne den Rücken wärmte, trank einen Schluck und biß in das duftende Brot.
Ihre Gedanken gingen zu Paula.
Bald würde sich die Freundin mit Modersohn verloben, heimlich zunächst, weil Modersohn noch im Trauerjahr stand. Elsbeth, die kleine Tochter, schien unter dem frühen Tod der Mutter weniger als befürchtet zu leiden. Sie hing bereits an Paula und suchte ihre Aufmerksamkeit und Zuneigung mit Zärtlichkeit und Geschenken zu gewinnen: einem Vogelei, einem bunten Stein oder einer ungewöhnlich gezeichneten Feder.
Paula, als Mutter und Ehefrau, die in Modersohns blauem Haus herumwirtschaften sollte – Clara konnte es sich noch nicht vorstellen, es paßte nicht so recht zu ihr. Paula hatte vor, das Atelier bei Brünjes zu behalten, um ungestört arbeiten zu können, sie wollte sich aber auch viel im neuen Haus aufhalten, einiges darin ändern, den Garten umgestalten, Gemüse und Blumen anpflanzen, eine Rasenbank anlegen, Lauben zimmern.

Vorläufig waren das alles Gedanken und Pläne. Modersohn und Paula schrieben sich heimlich Briefe, wenn sie sich nicht sahen, und versteckten sie unter einem Stein in der Heide, oder Clara spielte den Postboten.
Schön mußte das sein, zu wissen, zu wem man gehörte. Clara stand auf, goß sich eine zweite Tasse Milch ein und setzte sich wieder an ihren Sonnenplatz. Die Wärme rann ihren Nacken hinunter und breitete sich wohlig im Rücken aus.
Träume von verschränkten Händen und flüsternden Lippen, einem Tisch, einem Bett, einem wehenden Vorhang. Gemeinsamkeit, die tiefer atmen ließ, die den Raum ins Unendliche öffnete, die Furcht vor dem Längerwerden der Nächte nahm. Alles vergessen und alles neu erfinden und empfangen, sich selbst den Namen rauben und dann wiedergeben lassen, von einem, der tiefer blickte und verstand.
Bilder wie gläserne Blasen, die zersprangen, wenn das Licht auf sie fiel.
Nachher würde sie Rilke wiedersehen. Ein seltsamer Mensch, der sich in ihren Gedanken eingenistet hatte. Er wirkte so weich und zerbrechlich, aber Clara meinte auch eine verborgene Kraft an ihm zu spüren, die Strenge ahnen ließ, vielleicht Unerbittlichkeit, Härte sogar. Tat sie ihm

unrecht? Diese samtene Stimme, wenn er seine Gedichte vortrug und beinahe körperlos zu sein schien.

– Er, der am fremdesten zum Leben steht, ist wie der Türmer über einer Stadt … –

Und doch, irgend etwas flößte ihr Angst ein. Nein, nicht Angst, das Wort war zu stark, eher eine leise Beklemmung, ein unbestimmtes Unbehagen. Vielleicht legte es sich, wenn sie ihm öfter begegnete.

Für einen Augenblick schob sich eine Wolke vor die Sonne. Clara stand auf, spülte ihre Tasse aus, stellte sie zu dem anderen Geschirr und ging wieder hinüber in ihr Atelier.

Inzwischen war der Ton weich geworden. Sie goß den Rest Wasser in einen blechernen Eimer und begann zu rühren. Dann mußte der schwere Ton gesiebt und zu Klumpen geformt werden. Clara grub ihre Finger in die geschmeidige Masse, drückte und knetete. In Tausenden von Jahren geformt. Felsen, verwittert von Regen und Wind.

Als der Ton fertig zubereitet war, tauchte sie ein Tuch in den Blecheimer, wand es wieder aus und bedeckte den Ton in der Zinkwanne damit. So würde er nicht austrocknen bis zum Abend, wenn sie wieder da war.

In der Wohnstube des Bauern schlug die Standuhr zehnmal, dünn und ein wenig rauh. Clara zog sich schnell um, bürstete sich das Haar und steckte es im Nacken zu einem Knoten zusammen. Jetzt mußte sie sich beeilen, sie wollte die anderen nicht warten lassen. Rasch nahm sie noch ein wollenes Umschlagtuch und ging hinaus.
Ein leichter Wind wehte – gerade richtig für eine Bootsfahrt, dachte Clara –, und silbriggraue Wolken schwammen auf einem Himmel, der durchscheinend wie Glas war.
Clara holte ihr Fahrrad aus einer Ecke unter dem vorspringenden Reetdach hervor, machte das Wolltuch auf dem Gepäckträger fest und fuhr los. Der Hof war voller Pfützen. Die Katze, die am frühen Morgen bei ihr im offenen Fenster gesessen hatte, sonnte sich auf einem flachen Stein.
Clara blickte über die Felder, das braune Moorland mit den dunkel spiegelnden Kanälen, die wie matte Bänder das Land durchzogen. Auf den Weiden grasten Kühe und langhörnige Ziegen, schwarz und weiß gefleckt. Hier und da standen Hütten, die sich zu ducken, an die Erde anzudrücken schienen, als schämten sie sich für ihre Ärmlichkeit; einzelne schiefgewehte Bäume davor, Wacholder oder Kiefern.

Wenn bald der Herbst kam, würde das Moos, das die tief heruntergezogenen Strohdächer wie eine samtene Haube bedeckte und das im Sommer grau und farblos war, grünlichblau und violett schillern und leuchtende Tupfen in die weite Moorebene setzen.
Wie hatte sich Clara, wenn sie fort gewesen war, in München oder selbst in Paris, nach diesem feuchten flachen Land gesehnt, dem Wind und dem hohen Himmel, der nie gleich war, sich in Farbe und Wolkenspiel ständig veränderte.
Sie mußte Rilke von Rodin erzählen, unbedingt. In der Birkenallee kam Clara ein Bauer auf einem Fuhrwerk entgegen, das von einem Pferd mit stumpfem fleckigen Fell gezogen wurde. Sie grüßte, der Bauer tippte mit einem Finger an seine Kappe.
Auch wollte sie Paula nach deren Arbeit fragen. Es war so wenig Zeit in diesem Sommer für sie beide geblieben, seit sie überstürzt aus Paris zurückgekehrt waren, als Modersohns Frau unerwartet an einem Blutsturz starb.
Clara bog in die Landstraße ein, dachte an Rilke, an Vogeler und Martha, die seine Braut werden würde, eine schlanke Gestalt in Vogelers Märchen und Gemälden, einen blonden Zopf um den Kopf geschlungen, mit grauen, ruhigen Augen. Es dau-

erte nicht mehr lange, bis sie aus Dresden zurückkehrte, wo Vogeler sie ausbilden ließ. Dann würde auch sie hier leben und zusammen mit ihm weiter an der Brücke zwischen Traum und Wirklichkeit bauen.
Bald kam Clara zu dem Kiefernwald, der den Hang, auf dem Vogelers Haus stand, an der Straße begrenzte. Sie schob das Rad über den feuchten Waldweg. Der Teich lag grün und still zwischen den Bäumen. Der Grasplatz, auf dem sie im Sommer kleine Theaterstücke aufgeführt hatten und der an der Hinterseite von einem Halbrund aus Lebensbäumen begrenzt war, sah schon herbstlich verlassen aus.
Clara stellte ihr Fahrrad unter den Holunderstrauch neben der Dielentür. Die Früchte an den schwerhängenden Dolden färbten sich langsam violett und schwarz. Dann trat sie ins Haus, und weil sie niemanden in der Diele vorfand, ging sie in die dunkel getäfelte Bibliothek hinüber, in der eine grünliche Dämmerung herrschte.
In der Arbeitsnische saß Rilke. Er stand gleich auf, reichte ihr die Hand und deutete eine Verbeugung an.
Ist das nicht eine wundervolle Arbeit? sagte er, nachdem er sich erkundigt hatte, ob sie trotz des Gewitters eine gute Nacht gehabt habe,

und zeigte auf das breite Schiebefenster, das die Nische abschloß und in das ein paar in Blei gefaßte farbige Glasbilder eingelassen waren.

Clara stimmte ihm zu, machte ihn auf ein Bild aufmerksam, das ihr besonders lieb war, und fragte, in welchem Raum Vogeler seinen Gast denn einquartiert habe.

Ich wohne im »Blauen Zimmer«, direkt über der Wohnstube. Von dort aus geht mein Blick über das Land, und zugleich sehe ich, was im Wirtschaftshof unter meinem Fenster geschieht.

Jemand klopfte leicht ans Fenster, winkte und verschwand. Gleich darauf trat Paula ein – Na, habt ihr mich erkannt? –, auf dem Kopf einen schwarzen Strohhut mit groß geschwungener Krempe und dunkelroten Rosen.

Ein herrlicher Tag, nicht wahr? Paula nickte Rilke kurz zu und drückte Clara die Hand. Und unser vierter Mann? Wo bleibt Otto Modersohn?

Er kommt gleich mit dem Kutscher zurück, sagte Rilke und deutete nach draußen auf den Hof.

Wie einem orientalischen Märchenbuch entsprungen, dachte Clara und betrachtete Rilke in seinem grünen umgürteten Kittel, den schwarzen

Beinkleidern und Lederstiefeln, die mit einem bunten Stoffmuster verziert waren.
In diesem Augenblick trat Modersohn in die Bibliothek, keiner von ihnen hatte seinen leisen Schritt gehört. Er grüßte und sagte, die Kutsche sei abfahrbereit.
Es würde uns zuviel Zeit für unsere Bootsfahrt fortnehmen, wenn wir den Weg zur Hamme zu Fuß zurücklegten, fügte er hinzu.
Sie fuhren auf der Dorfstraße, die von dem nächtlichen Gewitter noch ganz aufgeweicht war. Ab und zu schaukelte der Wagen, wenn er über kleinere Sandhaufen rollte oder der Kutscher Schlaglöchern und Steinen nicht ausweichen konnte. Paula brach jedes Mal in ein glucksendes Gelächter aus: Gleich werde ich seekrank!
Modersohn wies Rilke auf die Zionskirche hin, deren blaugraue Haube hinter den Bäumen sichtbar wurde.
Jetzt war das Dorf zu Ende, nur manchmal stand noch ein Bauernhaus in den Wiesen. Ein frischer Wind zeigte ihnen die Nähe des Flusses an.
Sollen wir nicht das letzte Stück zu Fuß gehen? fragte Paula. Da Modersohn und Rilke es vorzogen, mit der Kutsche bis an die Hamme weiterzufahren, nahm sie Claras Hand – Aber wenigstens du kommst doch mit – und ließ anhalten.

Sie stiegen aus, lachten über die bequemen Männer, liefen – Paula hielt ihren Hut mit beiden Händen fest – bis sie außer Atem waren, blieben stehen, Rücken an Rücken.
Wie gefällt er dir? fragte Paula, ohne sich umzudrehen.
Clara fühlte, daß ihr Hitze ins Gesicht stieg, fürchtete, nicht mehr verbergen zu können, vor Paula, vor sich selbst, daß etwas von ihr Besitz ergriff. Rilke? gab sie vorsichtig zurück.
Natürlich, wer sonst! Rubaschka heißt das Hemd, das er trägt, eine russische Rubaschka ist es, und Paula drehte sich um, wiederholte das Wort mit einem rollenden R, hakte sich bei Clara unter, hatte die Frage scheinbar vergessen.
Vogeler erzählt, es sei die größte Angst seiner alten Haushälterin, daß Rilke in diesem Aufzug ins Dorf gehen könnte, sagte Paula, pflückte eine Kornblume, die zwischen Gräsern am Wegrand blühte und steckte sie in den Gürtel ihres Kleides. Und wenn Rilke in seinem Zimmer ist und an seinen Gedichten arbeitet – wobei er sie wohl manchmal laut vor sich hinspricht –, steht sie verstört unten in der Diele und sagt: Er betet wieder, er betet den ganzen Tag.
Komm, laß uns ein wenig schneller gehen, die Männer warten sicher schon auf uns. Haben wir

nicht auch eine Verabredung mit einem Bauern, der uns fahren will? Clara sah die Freundin fragend an, die stehengeblieben war und über die Wiesen schaute.
Ja, natürlich, es war der Backofen dort unter den Birken, der mich abgelenkt hat. Das gäbe ein hübsches Motiv für Modersohn.
Sie beschleunigten ihre Schritte, und Paula sprach weiter über Rilke, den Eindruck, den sie von ihm hatte. Er ist wirklich eine Bereicherung für uns. Es kommt nicht oft vor, daß jemand gut und freundlich zuhört, wie er es tut, und er hat auch keine Scheu, die Dinge beim Namen zu nennen. Aber manchmal ist er einfach etwas zu ernst und immer so feierlich, daß man beinahe denkt, es sei unpassend, fröhlich zu sein.
Weißt du, wie lange er bleibt? fragte Clara.
Ich meine, jemand hätte von mehreren Wochen gesprochen. Da gibt es sicher immer mal wieder so wie heute eine Gelegenheit, die Palette trocken zu lassen. Und dann Hauptmanns Theaterpremiere Ende des Monats, das wird schön.
Wie gut, daß Vogeler gestern das Gespräch zwischen Rilke und ihm unterbrochen hat, sagte Clara und winkte den Männern zu, die auf der Hammebrücke auf sie warteten. Der gute Hauptmann hat sich ja ziemlich in Eifer geredet.

Paula lachte, winkte ebenfalls, sah zu den Flügeln der Mühle hoch, an der sie vorbeikamen und die sich langsam drehten. O ja, es knisterte. Diese beiden Menschen können sich im Grunde nicht verstehen. Hauptmann ist zu heftig für Rilke, in seiner ganzen Art zu wuchtig. Da können die zwei nur aneinandergeraten, daß es Funken sprüht.
Modersohn und Rilke standen auf der kleinen Brücke, die über die Hamme führte und unterhielten sich mit dem Bauern, der sie ein Stück in seinem Boot mitnehmen sollte.
Sie stiegen in den langen schmalen Kahn und setzten sich auf die hinteren Ruderbänke; das braune Segel war schon aufgesteckt. Der Bauer kettete den Kahn los, stellte sich achtern hin und begann mit dem Schieberuder zu staken. Das Segel blähte sich.
Clara sah über das flache Land, hörte den gellenden Ruf eines Holzreihers und das Plätschern des Wassers am Bug des Kahns. Paula hatte den Kopf in den Nacken gelegt und hielt ihr Gesicht der Sonne entgegen.
Der Wind riecht schon nach Meer, sagte Rilke. Mit übereinandergeschlagenen Beinen saß er auf der Bank und stützte seine Hände auf einen Stock mit grünlackiertem Knauf, den Clara bisher nicht bemerkt hatte.

Manchmal gibt es hier auch Möwen, sagte sie, der Wind treibt sie her.
Sie alle haben eine gute Wahl getroffen, an diesem Ort zu leben und zu arbeiten, in einer Gemeinschaft, in der einer den anderen stärkt und trägt.
Ja und nein, Herr Rilke. Modersohn nahm seine Brille ab und rieb sich die Augen. Die Landschaft, die trägt und berauscht immer wieder aufs neue mit ihren starken Farben und den klaren einfachen Formen. Aber mit unserer Malergemeinschaft ist es nicht gerade zum besten bestellt. Haben Sie nicht einmal beschrieben, wie unmöglich es ist, gemeinsam gute Arbeit zu leisten? Wir sind zu unterschiedlich: Mackensen, Vogeler, am Ende, Overbeck – wir mußten uns trennen. Seit einem Jahr gibt es nun den kleineren Kreis um Vogeler. Wir treffen uns ab und zu, wie Sie ja wissen, aber jeder geht seinen eigenen Weg. An der Unterschiedlichkeit der Motive und der Art unserer Bilder können Sie das ablesen. Die Hauptsache ist, daß wir dem Akademieunwesen und dem Ungeist der Städte entronnen sind und ein wenig Ruhe haben, obwohl mir das Treiben auch hier schon allmählich zu laut wird. Wir hatten uns der Illusion hingegeben, in der Moorlandschaft die Natur noch als etwas Zeitloses und Dauerhaftes

zu erleben, doch diese falsche Hoffnung beginnt langsam zu zerfallen. An den Wochenenden kommen Touristen aus Bremen, eine Eisenbahnlinie ist geplant, und Fabrikbesitzer erkunden die Gegend. Wenn das so weitergeht, möchte ich lieber nach Fischerhude ziehen, ein Nachbardorf, in dem es stiller ist.
Modersohn setzte seine Brille wieder auf und sah zu Paula hinüber. Sie gab seinen Blick jedoch nicht zurück, sondern wies Rilke auf eine Gruppe Enten hin, die mit hartem Geschrei über ihre Köpfe hinweg zu den Pferdeweiden flogen, die rechts der Hamme lagen.
Ein Bauernhaus tauchte am Ufer auf. Bauer Kück, der das Boot stakte, fragte, ob sie etwas dagegen hätten, wenn er kurz bei einem Bekannten vorbeischauen würde. Er müsse wegen des Torftransportes mit ihm sprechen.
Das Boot scherte ans Ufer, streifte es und hielt an. Modersohn erklärte Rilke den Vorgang des Torfabbaus; Clara und Paula liefen über die Wiese, auf der das Gras hoch stand.
Bald ist Verlobung, sagte Paula strahlend und legte ihren Arm um Claras Taille, wenn du wüßtest, wie glücklich ich bin! Modersohn ist ein so tiefer Mensch. Durch ihn erst weiß ich, was »leben« bedeutet, was uns die Arbeit geben kann,

und vor allem, welche Richtung ich selber nehmen soll.
Gib das Malen nicht auf. Niemals! Clara dachte an Paulas Bilder: Landschaftsstudien, Kinder, am Ackerrand sitzend, Rieke Gefken mit roten Lilien, die alte Dreebeen. Paulas Wille, die Welt mit eigenen Augen zu sehen, sie neu zu erfinden, ihr andere Farben zu geben.
Nein, da brauchst du dir keine Sorgen zu machen! Daß ich mich demnächst verheirate, soll kein Grund sein, daß aus mir nichts wird! Ich habe noch viel vor.
Sie legten sich ins Gras, Clara auf den Rücken, die Arme unter dem Kopf verschränkt, Paula bäuchlings.
Ich will die Dinge so malen, wie sie sind, sagte Paula, riß einen blühenden Grashalm ab und begann, damit Muster in Claras Gesicht zu zeichnen. Oft fällt es mir schwer, die Zeit abzuwarten, bis ich etwas kann. Ich bin atemlos in der Arbeit, will weiter und weiter. Das Zeichnen befriedigt mich nicht, auch wenn ich weiß, daß es wichtig ist. Die Ölfarben, die liebe ich, sie sind so saftig, man kann seinen ganzen Schwung und seine Lust hineinlegen. Ich möchte zur Einfachheit der Form kommen, zur Tiefe der Farbe, zur Bewegung in der Farbe. Ich will erreichen, daß ein

Gegenstand durch die Farbe des anderen vibriert. Und ich glaube, ich weiß jetzt, wie ich die Farben im Schatten, in der Dämmerung, zum Leuchten bringe: Die Sonne darf nicht mehr Netze von Licht- und Schattenflecken über die Dinge werfen, sie zittern lassen und voneinander fortreißen. Die Zeiten sind vorbei, und besser als Monet oder Sisley kann es sowieso niemand machen! Nein, ich brauche eine Sonne, die den Mittagsstunden ihre Schwere gibt und alle Elemente des Bildes zu *einem* Körper zusammenfaßt.
Clara richtete sich auf und schüttelte Grashalme von ihrem Kleid. Wird dir Paris nicht fehlen? Modersohn kann hier auf Dauer leben, er ist fast ein Teil dieser Landschaft, aber du?
Clara sah Modersohn vor sich, die Staffelei unter dem Arm, auf dem Weg ins Moor, Blätter und Blüten für sein Herbarium sammelnd.
Paula kniff die Augen zusammen und biß sich auf die Lippen. Das ist das einzige, was ich nicht weiß. Ich habe oft Sehnsucht nach Paris, seinem Geruch, seinen Farben. Vielleicht bringt es Modersohn doch einmal über sich und folgt mir für einige Monate dorthin. Aber im Moment bin ich froh, hier im Worpsweder Korsett zu sein, bei besserem Essen, frischerer Luft und in ausgewählter Gesellschaft; die Bedingungen für einen

Kuraufenthalt sind also ideal, meinst du nicht auch? Doch verzeih, nun habe ich wieder so viel über mich gesprochen und weiß so wenig von dir.
Da ist nicht viel: Ich arbeite, sitze im Ton, wie du in den Farben, bin mit dir und den anderen zusammen. Du kennst mein Leben.
Sie standen auf und gingen zurück in Richtung Hamme. Paula breitete die Arme aus und drehte sich, summte eine Melodie. Es hat keinen Zweck, sagte sie dann, immer denke ich, mir fällt auf diese Weise der Text wieder ein. Es ist eine Ballade, die mir meine Tante in England beigebracht hat, als ich bei ihr war. Sie weiß noch gar nichts von Modersohn; ich muß ihr schreiben: Deine Paula hat Flügel bekommen.
Rilke und Modersohn saßen wieder im Kahn. Bauer Kück rief seinem Bekannten einen letzten Gruß zu, einem gedrungenen Mann, der an seiner Pfeife kaute und eine leere Schubkarre vor sich her schob.
Paula setzte sich neben Rilke an das Ende des Kahns. So sehen wir besser, was wir hinter uns lassen, das hat auch seinen Reiz, sagte sie, und als sie merkte, daß Rilke sie aufmerksam ansah, in ihren Worten einen doppelten Sinn zu suchen schien, fügte sie gleich scherzend hinzu: Haben

Sie jetzt nicht auch vor, in das Geschäft des Torfabbaus einzusteigen? Modersohn hat Ihnen sicherlich so gründlich darüber berichtet, daß Sie mittlerweile ein Fachmann auf diesem Gebiet sind! Beinahe, gab Rilke lächelnd zurück, aber das Dichten liegt mir doch mehr, auch wenn es sich bislang nicht als sonderlich gewinnträchtig erwiesen hat.
Der Kahn schwankte, als Bauer Kück ihn vom Ufer fortstakte, lag aber bald wieder ruhig auf dem Wasser.
Liebe Clara Westhoff, wandte sich Modersohn an Clara, endlich habe ich Sie wieder einmal neben mir. Wie geht es Ihrer Familie?
Manchmal vermißte Clara die Eltern, vielleicht mehr noch die vergangene Zeit, zu der ihr auch erinnernd der Zugang versperrt blieb. Möglich, daß ihre Gedanken die falschen Wege gingen, der Schlüssel nicht im willentlichen Wiederholen des Erlebten lag, eher in einem Blick, einem Geruch, einer Folge von Tönen, im Quietschen einer Tür, im Leuchten des Lichts an einer Wand.
Sie hatte sich oft ins Herz der Erde gedacht, hatte es in ihren Schläfen pochen gefühlt, wenn sie sich vorzustellen versuchte, was das Wort »Ewigkeit« bedeutete: Zeit nach dem Ende, Zeit ohne Ende, Zeit ohne Zeit. Unabsehbar lang, unversiegbar;

Jahre, die weiter reichten als das weiße Licht der Sterne, die sie überfluteten, sich um sie drängten, ihr den Atem nahmen, Raum, in dem man fällt und niemals ankommt.

Gedankenspiele, von denen sie sich immer wieder erschöpft abgewandt hatte, und nur die eine Frage blieb: Wo hörte die Zeit auf, Zeit zu sein?

Geräuschlos glitt ihnen ein mit Torf beladener Kahn entgegen. Zwei Seeschwalben, die am Ufer auf einem umgestürzten Birkenstamm gesessen hatten, segelten jetzt über die Felder.

Tierst' er wedder hen, grüßte Kück zum anderen Boot hinüber, aus dem der Bauer ein – Mott woll – zurückgab.

Modersohn holte Tabak und Pfeife hervor und begann die Pfeife zu stopfen. Clara beantwortete seine Fragen nach der Familie, die seit einiger Zeit auf dem Land lebte, sprach von Verwandten, deren Bekanntschaft Modersohn im Sommer bei einem Fest gemacht hatte, und davon, daß Vogeler vorhabe, ihren Bruder Helmuth im Winter zu sich einzuladen. Der Neunjährige zeichne und aquarelliere ganze Tage hindurch, am liebsten das Storchenpaar, das auf dem Dach des Hauses seinen Nistplatz gefunden hatte.

Unser Vogeler. Modersohn versuchte, seine Pfeife

anzuzünden, doch der Wind löschte die Streichholzflamme immer wieder. Erst als Clara ihre Hände um den Pfeifenkopf hielt, erglühte der Tabak darin. Ich habe viel über ihn nachgedacht in den letzten Tagen, auch gestern wieder, auf dem Fest.

Modersohn sog ein paarmal an der Pfeife und blies den Rauch zur Seite. Vogeler wirkt zufrieden, hat Erfolg mit seiner Arbeit, aber – und Modersohn neigte den schmalen Kopf, hielt einen Augenblick inne, ehe er weitersprach – ich glaube nicht, daß es seinem Charakter entspricht, dem Ästhetischen auf Dauer Vorrang vor anderen Werten einzuräumen. Der Gedanke, aus seinem Leben ein Kunstwerk zu machen, ist zur Zeit ja weit verbreitet, aber es sind meist Menschen mit einem Höchstmaß an Eigenliebe, die so leben und nicht die Begrenztheit und die Gefahren dieser Daseinsform erkennen.

Das Boot fuhr an Torfhütten vorbei, vor denen Wäsche auf der Leine hing; das Wasser gurgelte unter den Erlenwurzeln am Ufer.

Vogelers Ziel, sagte Clara, ist die Vollkommenheit, er träumt den Traum von der Verwobenheit der Dinge. Ich genieße die Stunden, die wir gemeinsam in seinem Haus verbringen, fühle mich sehr zu ihm hingezogen, aber jedesmal ist mir, als

müßte ich einen Teil meines Inneren vor ihm verbergen, weil es nicht in das Leben paßt, das er für sich entwirft.
Clara versuchte, aus Modersohns Zügen abzulesen, ob sie mit ihren Worten das getroffen hatte, was er meinte.
Er nickte und nahm die Pfeife in die Hände, nickte wieder. Genau das meine ich. Der Mensch in seiner Unvollkommenheit kann diesem Konstrukt nicht Genüge tun. Vogeler selbst auf Dauer auch nicht. Dann gerät das Gespräch leicht zur brillanten Konversation, zur schillernden Verzierung, und die Musik, die seine Fortsetzung auf andere Weise sein soll, wird zur bloßen Untermalung; die Schönheit erscheint schließlich nur noch als ein kaltes phosphoreszierendes Licht.
Der Kahn fuhr unter der Brückenöffnung eines Querdammes hindurch. Sie kamen jetzt in das eigentliche Moorgebiet. Wie eine schwarzglänzende Schlange wand sich die Hamme durch die Wiesen. Da man vom Boot aus die Kanäle, die das Moor in regelmäßige Stücke zerschnitten, nicht sehen konnte, schienen die Kähne, auf denen der gewürfelte Torf hoch aufgetürmt war, über das braune Land zu gleiten.
Rilke äußerte den Wunsch, ein wenig im Moor spazieren zu gehen. Sie ließen das Boot an einer

Stelle, an der ein Bohlenweg ins Teufelsmoor führte, anhalten, bedankten sich beim Bauern und sprangen ans Ufer.

Clara und Paula zogen ihre Schuhe aus, banden sie an den Riemen zusammen und hängten sie sich um den Hals. Bleichgrüne Torfmooshügel wechselten hier mit Heideflächen, deren rauhe, bald farbige, bald verblichen und fleckig erscheinende Oberfläche, meinte Rilke, ihn an ungleichmäßig aufgehämmerten Samt erinnere.

Nach einer Weile hörte der Bohlenweg auf. Ein Grasstreifen zog sich ins Unabsehbare, daneben liefen Räderspuren, in denen schlammiges Wasser stand. Weiter hinten war die Torfbahn zu sehen.

Wie mit der Kaltnadel des Radierers gestochen, dachte Clara. Sie spürte den federnden Weg unter ihren Füßen.

Nur Mut, Rilke, sagte Modersohn, wir kennen uns aus.

Die Luft flimmerte und leuchtete. Das Licht setzte die Farben hart nebeneinander.

O schaurig ist's, übers Moor zu gehn, zitierte Paula mit Theaterstimme und erzählte Rilke von Claras Vertrautheit mit den Moorgeistern. Sie habe oft schon darüber gerätselt, ob sie nicht selbst eine Moorhexe sei.

Rilke schien Spaß an dieser Vorstellung zu haben und ließ sich, während sie immer wieder an Torfstichen Halt machten, von Clara über glühende Räder berichten, die um die Mitternachtsstunde durch das Moor liefen, über einen Spitz mit sprühenden Augen und die Heidbrennersche, die aus Trauer den Verstand verloren habe und seitdem im Moor Feuer lege. Sie erzählte von tanzenden Lichtern und alten Weibern mit Körben auf dem Rücken, die Umherirrende immer tiefer in den Morast hineinführten.

Sie sprachen über den grausamen Tod, den ein ins Moor geratener Mensch erleiden müsse, und Clara erwähnte die Tausende Jahre alten Moorleichen, die man gefunden habe, beinahe unversehrt.

Da wurde Rilke ernst und meinte, wenn irgendwo, dann müsse doch in diesem Land ein Totentanz entstehen, der dunkle Reigen, der gesprungene Abtanz, hinaus aus der Welt.

Stellen Sie sich, sagte er, den Tod als einen großen Mann mit schweren hängenden Händen vor. Er kommt Ihnen auf einem Weg entgegen, und die Bohlen biegen sich unter seinen Schritten. Ausweichen können Sie ihm nicht, denn zur einen Seite liegt der Kanal, zur anderen das Moor. Auf einer Brücke stehen Sie ihm schließlich gegenüber. Er aber beachtet Sie nicht, geht weiter, an Ihnen vorbei, als ob niemand da wäre, denn er ist blind. Überhaupt, der Tod muß nicht furchtbar und erschreckend sein, wenn er der letzte Ring einer Kette des vorangegangenen Lebens ist. Er gehört zu uns, wächst in uns, nimmt im Laufe der Zeit Konturen an. Nein, man sollte sich nicht fürchten.

Clara folgte Rilkes Blick über das Moor, die schmalen Kanäle, auf denen die schwarzgeteerten Kähne dahintrieben. Ein Pfiff ertönte und ging in ein Gewimmer über.

Das ist der Brachvogel, sagte Paula, dem kommen keine traurigen Gedanken.

Mit den Füßen tastete sie den Boden ab. Wir müssen Ihnen, lieber Rilke, noch ein Stück echten Schwingrasen zeigen, das ist einmalig!

Clara ging mit ihr voraus, an Reihen von Torfbänken entlang. Rote Beeren krochen über die Moospolster am Wegrand, und merkwürdig gekrümmte Zweige und Wurzeln bildeten wirre Knäuel.

Einfach nicht denken. Die Gegenwart wie eine Sammlung von Bildern betrachten, als wäre man unbeteiligt daran. Nicht zu nah herankommen, um den Gang der Dinge nicht zu stören. Etwas geschieht, unmerklich, unaufhaltsam.

Clara entdeckte in der Nähe eines Tümpels eine Stelle mit schwingendem Boden. Zwischenland, sagte Paula.
Sie versuchten einen Walzer, taumelten. Rilke bewegte sich gemessen, machte ein Forschergesicht, fand Clara, der schwankende Untergrund war ihm wohl nicht geheuer. Er fragte nach der Entstehung und Zusammensetzung der schwimmenden Pflanzendecke, bewunderte die schleimigen Torfmooszöpfe, die ins Wasser ragten.
Dann traten sie den Rückweg an. Weiter ins Moor vordringen konnten sie nicht, weil der Weg zu unsicher war und die morastige Öde des Torfstechgebietes landeinwärts auch keinen Reiz mehr bot.
Sie gingen zurück an die Hamme, erreichten das andere Ufer über eine schadhafte Brücke. In der Nähe lag eine kleine Erhebung, einer der wenigen Hügel in der Gegend, der, wie Clara meinte, es beinahe auch nicht wert war, diesen Namen zu tragen.
Ich würde gern Halt machen und etwas zeichnen. Einverstanden? Nicht lange, bestimmt nicht, bat Paula.
Vom Hügel aus konnten sie die Felder überblikken, die der Hamme in breiten Wellen entgegenflossen. Weidezäune und Hecken zerteilten sie

mit braunen und grünen Linien, dazwischen breiteten sich Bauernhöfe aus. Es roch nach Heu und Feuchtigkeit.
Modersohn nahm zwei Skizzenblöcke aus seinem Rucksack, Blei- und Kohlestifte, gab Paula, was sie brauchte und setzte sich mit ihr unter eine Gruppe windgekrümmter Birken.
Wollen Sie nicht auch zeichnen? Lassen Sie sich durch mich nicht davon abhalten. Rilke machte eine unbestimmte Handbewegung, sah zu Paula und Modersohn hinüber. Paula hatte bereits mit schnellen sicheren Strichen begonnen. Modersohn murmelte etwas vor sich hin, stand auf und lehnte sich an einen Birkenstamm.
Clara wehrte ab. Ich beschäftige mich mehr mit dem menschlichen Körper als mit der Landschaft. Kommen Sie, sonst stört unser Gespräch.
Rilke folgte ihr an den Rand einer Wiese. Sie modellieren Kinder, nicht wahr? Sind es Nachbildungen Ihnen bekannter Kinder, Portraits?
Sie kamen bald über Claras Skulpturen auf das Thema der Kindheit allgemein, das Rilke besonders zu berühren schien. Er beschrieb sein Leben in Prag, seine Eltern, den Beamten einer Eisenbahngesellschaft und Phia, die Mutter, die ihn in Mädchenkleider steckte und mit Puppen spielen

ließ, sprach von dem Bruch, den die Trennung seiner Eltern in ihm verursacht habe, daß er damals aus seinem Leben herauszufallen drohte und wie er später, wenn er von Reisen in andere Städte nach Prag zurückkehrte, hoffte, in den Gassen und auf den Plätzen irgend etwas wiederzufinden, das ihn an sich selbst erinnerte, woran er sich erkennen konnte. Doch die Konturen der Kindheit waren verschwommen geblieben. Erst hier in Worpswede – und dabei hob Rilke ein Birkenblatt vom Boden auf und legte es in seine flache Hand – habe er das Gefühl, an die Kindheit anzuknüpfen, dort wieder anzuschließen, wo er aufgehört habe, im Mittelpunkt des Daseins zu leben.

Ich habe diesen Punkt früher für mich »Erdherz« genannt, warf Clara ein, vielleicht meinen wir das gleiche. Sie wandte sich um, wollte sehen, wie weit sie sich von dem Hügel entfernt hatten.

Erdherz, wiederholte Rilke und nickte zustimmend. Für uns, sagte er, die wir aus dem Vergangenen heraus leben und arbeiten, ist so etwas besonders bedeutsam. Er blieb stehen, stützte sich auf seinen Spazierstock und sah Clara eindringlich an. Kennen Sie diese Momente, in denen man sich aus der Gegenwart herausgehoben fühlt, rückwärtig oder nach vorne versetzt,

Gerüche wahrnimmt, ein Geräusch und nicht weiß, ist es eine Erinnerung an Geschehenes oder eine Ahnung von Zukünftigem? In der Kindheit und im Alter sind wir dichter am Wesen der Dinge, nähern uns ihm nicht durch das Wissen um seine Existenz, sondern durch unsere Seelenlage.

Eine Schnepfe flog aus der Wiese hoch und zerriß mit ihrem Flug die stille Luft.

Es freut mich, daß es Ihnen bei uns gutgeht, sagte Clara.

Hallo, da seid ihr ja! Paula kam über den Hügel gelaufen und schwenkte ihren Skizzenblock. Modersohn findet keine Ruhe, es ist nicht der richtige Ort für ihn. Und außerdem – sie legte eine Hand auf ihren Magen – haben wir Hunger.

Keiner von ihnen hatte daran gedacht, etwas zu essen mitzunehmen.

Jetzt erschien auch Modersohn neben Paula. Dem Sonnenstand nach müßte es später Nachmittag sein, sagte er, ich wäre dafür, daß wir uns auf den Heimweg machen.

Sie gingen über die Wiese, stiegen über Zäune; einen Weg gab es auf dieser Seite der Hamme nicht. Clara und Paula schnitten den Kühen Grimassen.

Das muß ich ausnutzen. Wenn ich verheiratet bin, habe ich die Pflicht, eine biedere Matrone zu werden, sagte Paula lachend, und Clara drohte ihr mit dem Zeigefinger.
Dieses Licht, dachte sie. Flimmernd sammelte es sich im Laubwerk der Birken, schuf immer neue Brechungen von Grün darin. Zögernd verhalten schob es sich zwischen die Zeiten, nicht Sommer, nicht Herbst.
Irgend etwas trieb Rilke auf Clara zu, ließ ihn, wie sie spürte, ihre Nähe suchen, auch wenn er häufig schwieg, da seine Versuche, ein Gespräch mit ihr zu führen, stets aufs neue scheiterten: Bald entdeckte Paula einen Schwarm Libellen – Seht nur, ein kleines Wunder! –, dann mußten sie sich um Modersohns Hand kümmern, beim Untersuchen einer Distel war ihm ein Stachel in die Haut geraten.
Auch wenn Sie sich vorgenommen haben, werter Herr Modersohn, nach der Natur zu malen, meinte Paula, nachdem sie den Stachel gezogen hatte und seine Hand mit einem Taschentuch verband, einen großen Knoten darauf setzte, brauchen Sie doch nicht gleich so handgreiflich zu werden!
Sie gingen weiter, ein Bauernhof mit Katen tauchte in der Ferne auf. Mit einem kleinen

Klappmesser, das Modersohn bei sich trug, schnitt Clara Holunderdolden von den Sträuchern und legte sie in ihr Umschlagtuch. Die Beeren waren früh reif in diesem Jahr. Ich lade euch zu einer Holundersuppe ein. Wollt ihr?
Vom anderen Ufer der Hamme ertönte plötzlich ein lautes Gackern; ein braunes Huhn lief aufgeregt hin und her.
Es wird zum Bauernhof da vorne gehören, vermutete Modersohn.
Warten Sie hier auf mich. Ich bin gleich wieder zurück!
Rilke drückte Paula seinen Spazierstock in die Hand und ging mit festem Schritt den Weg zurück, den sie gekommen waren, steuerte auf eine Brücke zu, die über die Hamme führte und sah sich immer wieder nach dem Huhn um, das, durch die Anwesenheit der drei Menschen am anderen Ufer in zusätzliche Unruhe versetzt, nun flügelschlagend umherlief.
Rilke überquerte den Fluß und verlangsamte seinen Schritt. Clara hörte, wie er vor sich hin sprach. Als er einen Steinwurf von dem Huhn entfernt war, verfiel er in einen weichen, eintönigen Singsang. Er kauerte sich auf den Boden, sang die gleichförmige Melodie weiter, von der sich in regelmäßigen Abständen helle, kurze Töne abho-

ben, und bewegte sich in der Hocke langsam auf das Huhn zu.
Es hörte auf, hin und her zu laufen und begann, mit geducktem Kopf in die Richtung zu horchen, aus der der Gesang kam. Ab und zu zitterten Kamm und Lappen, es breitete kurz die Flügel aus, als wolle es losfliegen, aber dann setzte es sich doch ins Gras und gluckste leise vor sich hin. Mit einem Griff hatte Rilke es gepackt und klemmte es sich unter den Arm.
Bravo, Rilke! rief Paula. Das hätte keiner von uns geschafft!
Clara und Modersohn klatschten Beifall – aber nur verhalten, um das Huhn nicht zu erschrekken.
Ich werde allein bis zur nächsten Brücke gehen, sagte er, so kann ich das Tier leichter ruhig halten.
Und ich werde diesen Baum dort skizzieren. Marschieren Sie ruhig schon voraus zum Hof. Modersohn deutete auf eine ungewöhnlich geformte Kiefer und fischte einen Kohlestift aus seiner Manteltasche.
Als sie schon ein Stück gegangen waren, drehte sich Clara noch einmal um, sah Modersohn über seinen Skizzenblock gebeugt im Gras stehen, ihm gegenüber die Kiefer, die ihre Zweige wie Arme

hochstreckte, am anderen Ufer Rilke mit dem Huhn.

Eigentlich müßte es ulkig aussehen, dachte sie, uns belustigen, der Dichter mit dem Huhn unter dem Arm, aber es wirkt ganz natürlich.

Clara suchte in Paulas Gesicht nach einem spöttischen Lächeln, fand jedoch keines. Wer weiß, vielleicht bekommen wir zur Belohnung dafür, daß wir das Huhn wiederbringen, etwas zu essen angeboten, sagte sie nur und ging ein wenig schneller.

Na hoffentlich, bis wir in Westerwede ankommen und die Holundersuppe kochen können, sind wir längst verhungert!

Die Sonne war hinter einer Wolke verschwunden, schon wehte ein kühler Wind und ließ sie frösteln.

Sie erreichten die Katen; schornsteinlos und mit verschobenen Lehmwänden standen sie da, das bemooste und mit Hahnenfuß bewachsene Strohdach fast bis auf den Boden gezogen. Niemand war zu sehen, um diese Tageszeit arbeiteten die Leute noch im Moor, verluden den Torf.

Da hinten sind Kinder, sagte Clara und deutete zum Moordamm, wo kleine Gestalten zwischen Birken umherliefen.

Sie gingen beide weiter bis zum Haus des Bauern. Dort beschloß Clara, auf Rilke und Modersohn zu warten, während Paula die Kinder fragen wollte, ob das Huhn ihnen gehöre.
Clara setzte sich auf eine Bank unter die Eichen, die das Haus umstanden. Die Sonne war wieder zwischen den Wolken hervorgebrochen, das Laub der Bäume glühte.
Claras Blick fiel auf Rilke. Er kam gerade über die letzte Brücke vor dem Hof. Das Huhn verhielt sich immer noch ruhig unter seinem Arm.
Nicht einfach ein Mann, der ein Huhn trägt, dachte Clara, sondern einer, der spielt, daß er es trägt. Einer, der sich hinter einem Bild verbirgt, vor den anderen, vor sich selbst.
Es erinnert mich an die Tage, die ich in einer Bauernhütte bei Jaroslawl in Südrußland verbracht habe, sagte Rilke, als er vor Clara stand. Die Hütte hatte nur einen Raum mit einer umlaufenden Bank darin, einem Heusack zum Schlafen und dem unentbehrlichen Samowar; das ungeschälte Birkenholz duftete nach Harz. Und dann die Zeit bei Droshshin, dem Bauerndichter. Es war herrlich, früh am Morgen im taugetränkten Gras barfuß am Wolgaufer entlang zu gehen, die Bewohner des Dorfes schliefen noch.
Clara stand auf, sie fühlte sich unwohl, wußte

nicht, was antworten. Irgend etwas war falsch, verwandelte die Landschaft, die er ihr beschrieb, zur leblosen Szenerie.

Da kommt Paula! Dann werden Sie bald aus Ihrer Rolle als Tierbändiger entlassen. Sie ging Paula und den Kindern entgegen, mischte sich unter sie. Zwei der Kinder trieben Ziegen mit schmutzigem Fell vor sich her. Die anderen liefen zu Rilke, nahmen das Huhn und trugen es auf ein eingezäuntes Stück Wiese zu den übrigen.

Ein Junge brachte den Gästen Butterkuchen und Gerstenkaffee. Es habe eine Hochzeit auf dem Hof gegeben, sagte er, deshalb sei noch Kuchen da, und die Erwachsenen seien im Moor.

Mit einem Stock kratzte ein Mädchen Linien in den sandigen Boden, teilte Felder für ein Spiel ab, sammelte kleine Steine.

Clara und Paula hüpften und sprangen vom »Himmel« in die »Hölle« und wieder zurück, ringsum flatterten die Stimmen der Kinder; Rilke trank Kaffee und ließ sich von dem ältesten Jungen erklären, wie Ziegenkäse hergestellt wird. Auch Modersohn war inzwischen eingetroffen, aß, trank und zeichnete weiter.

Himmel und Hölle zeigte er mir, doch war mein Herz für den Himmel zu schwer, sank hinab auf den Grund und sehnt sich nach dem Vergessen,

sang Paula und sprang aus der »Hölle« in Claras Arme.
Sie spielten Fangen mit den Kindern, deren Lachen an den Bäumen hochperlte. Ein Mädchen wand Kränze aus Levkojen für die Gäste, als Schutz gegen die Moorgeister. Selbst Rilke ließ sich einen aufsetzen.
Schön bist du mit dem Kranz auf deinem verwehten Haar, sagte Paula und drückte Clara einen leichten Kuß auf die Wange, und besonders schön, weil du's nicht weißt.
Modersohn zeichnete das Haus, Rilke beim Kuchenessen, Clara und Paula mit den Kindern. Unser Tagebuch, sagte er und deutete mit kohlegeschwärztem Finger auf die Skizzen.
Die Kinder staunten, wie schnell er zeichnen konnte, liefen stolz mit einer Skizze ins Haus, winkten zum Abschied; ein Mädchen mit einer Ziege kam ihnen stolpernd hinterher, hängte sich an Claras Hals, bettelte um ein Wiedersehen.
So ein kleiner, weicher Körper, dachte Clara, alle Zukunft trägt er in sich, noch unentdeckt.
Sie gingen wieder an der Hamme entlang, ließen das Dorf hinter sich. Über ihnen breitete sich der Himmel aus, auf dem riesige Wolkengebilde schwebten. Ab und zu ertönte ein Entenruf aus dem Schilf am flachen Ufer.

Sie wiesen sich gegenseitig auf die Farben der Landschaft hin, überlegten, welche sie mischen müßten, um das metallische Stengelrot der gemähten Buchweizenfelder, das Gelb ihrer Blätter malen zu können, die blühenden Heideflächen dazwischen, braunviolett, von breiten Streifen mit hellem weichem Gras durchzogen. Wie erstarrtes Licht, sagte Rilke und, das muß ich noch von Ihnen lernen, die Sinne so nach außen, von mir fort zu wenden, wie Sie es tun.
Wir sind doch auch erst am Anfang, meinte Paula lachend.
Ein Pferdewagen, der in Richtung Grasberg fuhr, nahm sie mit. Clara zeigte Rilke die Vögel, die in Flußnähe brüteten, Kampfläufer, Rotschenkel, immer wieder Kiebitze in gaukelndem Flug. Modersohn stopfte sich eine neue Pfeife, Paula wiegte sich mit dem Schaukeln des Fuhrwerks.
Kartoffel- und Roggenfelder, Heidekrautmeer, in der Ferne hohe Kiefern, holzschnitthart. Im Licht des späten Nachmittags schienen die roten Wände der Bauernhäuser von innen heraus zu glühen; am Wasser begannen alle Umrisse leicht zu schwingen, und die Luft über den Wiesen zitterte, daß Clara meinte, diese Bewegung auch als leises Sirren hören zu können.

Das letzte Stück bis Westerwede legten sie zu Fuß zurück. Das Haus war leer, nach der Vesper wurde bis zum Einbruch der Dunkelheit auf den Feldern gearbeitet. Clara führte ihre Gäste durch die Viehdiele in ihr Zimmer.
Für mich gibt es wirklich nichts Schöneres, sagte Paula, als ein Atelier zu betreten.
Clara sah, wie Rilkes Blick über Kommode, Schrank und Tisch glitt, hin zu den Skulpturen, die am Ende des Zimmers an der Wand standen: das Portrait der Greisin, der Mann mit dem Pferd, die beiden Reliefs, der Akt, Paulas Kopf, die Studie zu den geflügelten Engelsköpfen.
Rilke lächelte und lehnte seinen Stock an den Tisch. Da ist sie ja, die Buße für das Glockenläuten! Und die Arbeiten auf dem Tisch, darf man sich die auch ansehen?
Wißt ihr was? fiel Paula ein und nahm die Holunderdolden aus Claras Umschlagtuch. Modersohn und ich machen uns allen eine feine Suppe, und du, Clara, kannst Rilke inzwischen deine Schätze zeigen!
Bevor Clara antworten konnte, waren Modersohn und die Freundin schon verschwunden, hatten leise die Tür geschlossen.
Rilke ging um den Tisch herum, blieb immer wieder stehen, fuhr vorsichtig – Darf ich sie berüh-

ren? – mit den Händen die kleinen Körper nach, ließ sich von Clara alles erklären: die Eigenschaften des Tons, wie man Abgüsse mit Gips macht und dabei die Form aus Ton zerstört.

Zuerst hat man einen Klumpen Erde, dann schneidet man sich das Stück, das man braucht, ab, beginnt den Ton zu schlagen, zu kneten, sagte Clara, und sieht, wie er sich verwandelt, wie einem ein Rücken, ein Arm, ein Gesicht entgegenwächst.

Jetzt erst merkte Clara, daß sie den ganzen Tag darauf gewartet hatte, Rilke ihre Arbeiten zu zeigen. Unruhig beobachtete sie jede seiner Bewegungen, hörte auf jedes Wort.

Diese Kinderkörper ziehen alles Leben im Raum auf sich. Sehen Sie, wie sich hier der Körper nach außen abschließt, die Welt um sich herum weder will noch braucht, weil er ganz damit beschäftigt ist, ins eigene Innere zu horchen. Selbst wenn der Junge oder dieses Kind hier – und er strich über die tönernen Arme des stehenden Mädchens – den Betrachter ansehen würden, könnte man ihrem Blick nicht begegnen, denn er ist für kein Gegenüber gedacht. Es sind Körper, die sich in sich selber hüllen.

Rilke brach ab, aus der Küche hörte man Scheppern und Paula lachen.

Clara nahm ein Stück Marmor und reichte es Rilke. Das ist beinahe das einzige, was ich jemals aus Stein gehauen habe.
Endlich einer, der sich nicht nur wunderte, daß sie als Frau diese anstrengende Arbeit tat, sondern einer, für den Ton und Stein durchsichtig wie Glas waren, einer, der sah, daß sie in diesen kleinen Figuren sich selbst zu formen und zu erklären versuchte.
Sie begann, ihm von der Zeit bei Klinger in Leipzig zu erzählen, wie er ihr gegenüber erst ablehnend war, sie allein in einen Raum setzte und ihr ein Stück Marmor gab und sie daraus die Hand, die Rilke jetzt hielt, in wenigen Stunden schlug, Klinger von ihrem Willen zur Arbeit überzeugte, bis er sie schließlich für eine Weile mit dem Stein in seinem Atelier arbeiten ließ.
Und Rodin, haben Sie das Höllentor gesehen, den Balzac? fragte Clara.
Ein Mensch, der nur in seiner Arbeit lebte, der die Inspiration leugnete, mehr an die schweigsame Ausdauer glaubte. Er hatte ihr das Geheimnis der Oberfläche gezeigt, daß diese nicht tot, sondern äußere Schicht des inneren Lebens war, der Ort, an dem die Begegnung mit dem Licht stattfand, wo der Ton, der Stein das Licht für sich in Anspruch nahm.

Aus Dante und Baudelaire zitierte er seinen Schülern, bewies ihnen, daß es weinende Füße gab, daß Leben in jedem Körperglied sichtbar war, daß Worte und Verse geformt sein konnten wie Reliefs, lehrte sie, mit geschlossenen Augen und suchenden Fingern zu lesen.

Clara beschrieb Rilke Rodins Werkstatt im Marmordepot von Paris, rue de l'université, den Hof, in dem die Marmorblöcke lagen, die Räume zum Tonbrennen, die Ateliers, erzählte ihm von den Farben der Stadt, Sacré-Cœur, dem weißen unvollendeten Fleck vor dem wässrigen Himmel, den steilen Treppen, darunter das Häusermeer. Bleib stehen, hier ist das Reich des Todes, war auf den Türsturz am Eingang der Katakomben gemeißelt.

Sie erzählte von den Adelspalästen und den verlassenen Hotels mit ihren Gärten und Höfen, sparte eines bis zum Schluß auf: Notre Dame, das Blattwerk der Kapitäle, Fabeltiere mit Flügeln auf den Türmen, säulentragende Zwerge. Teufel, die Dachrinnen ausspien, ein Engel, der Posaune blies, Raben, Hunde, Vögel in häßlicher Haltung und mit überlangen Schnäbeln, aufgesperrte Mäuler, den Schrei im Stein erstickt.

Das ist die Angst, sagte Rilke. Weil wir uns vor dem Ungewissen, dem Nicht-Sichtbaren fürchten,

erschaffen wir solche stummen Ungetüme, laden alle Not, allen Zweifel auf ihnen ab, um uns für kurze Zeit leichter zu fühlen.
Er setzte sich auf den dreibeinigen Schemel, sah zum Fenster hinaus. Nach Ihrer Erfahrung mit Rodin werden Sie sicher verstehen, wie enttäuscht ich war, daß jener Tolstoi, der Romane schreibt, ein anderer als der ist, dem ich in Jasnaja Poljana begegnet bin.
Es ist aber doch etwas anderes. Clara nahm einen Krug von der Kommode und goß einen Rest Wasser in die Waschschüssel. Rodin hat nie für sich in Anspruch genommen, eine besondere Lehre zu vertreten. Er hat seine ganz bestimmten Vorstellungen, die von der Trauer über das Verlorene geprägt sind, aber auch von der Freude, der Lust am Leben. Rodin glaubt nicht daran, daß *er* die Charaktere seiner Schüler formen und prägen kann, er ist der Ansicht, der Stein tue das, die beharrliche Arbeit.
Sie reichte Rilke die Schüssel, danach ein Tuch. Er wusch sich die Hände, trocknete sie ab und betrachtete nachdenklich seine gespreizten Finger.
Sie haben recht, so kann ein Mißverhältnis zwischen Mensch und Lehre gar nicht erst aufkommen.

Er wandte sich dem Tisch zu, beugte sich über Claras Skizzen, breitete sie vor den Tonfiguren aus.
Eines weiß ich jetzt, sagte er mit Nachdruck, es muß mir auch gelingen, Dinge zu machen wie Sie. Ich will lernen, den Vorgang des Formens, des Gestaltens, auf die Sprache zu übertragen. Ja, ich beneide Sie um den handwerklichen Anteil Ihrer Arbeit, durch den feste, dauernde Gegenstände geschaffen werden. Sie und Ihre Freunde lehren mich eine neue Art zu sehen.
Paula öffnete die Tür, mit der einen Hand ein Tablett balancierend. Wo sollen wir essen? Hier im Atelier, in der Küche?
Clara griff nach dem Tablett, wollte es entgegennehmen. Nein, laß nur, wehrte Paula ab, ich mach das schon.
Ich denke, überlegte Clara, in der Weinlaube vor dem Haus wäre es gemütlich. Da sind wir auch niemandem im Weg.
Gut. In fünf Minuten könnt ihr kommen. Hast du Rilke schon von Rodin erzählt? Die Sache mit den Manschetten? A bientôt!
Manschetten? Rilke sah Clara fragend an, stand auf und nahm seinen Stock in die Hand.
Es ist nur eine kleine Anekdote, lachte sie. Während der Arbeit beschäftigt sich Rodin auch mit

theoretischen Fragen der Kunst, teilt sie seinen Schülern mit, spricht mit ihnen darüber oder schreibt seine Gedanken auf ein Blatt Papier, ein Stück Marmor, manchmal auch, wenn er gerade nichts anderes findet, auf seine Manschetten. Einmal erzählte er, daß er deswegen immer wieder Schwierigkeiten mit seiner Frau bekomme, da sie mit dem Waschen der Hemden warten müsse, bis er die Notizen abgeschrieben habe, und das dauere seine Zeit.
Rilke lachte kurz auf. Wissen Sie, sagte er gedehnt und sah Clara mit prüfendem Blick an, ich habe da eine Idee. Was hielten Sie davon, wenn Sie und ich zusammen etwas über Rodin schrieben? Ich meine damit keine kunstwissenschaftliche Abhandlung, die das Gefallen der Akademien und Künstlerverbände finden soll, eher einen Text, der das Wesen des Geschaffenen darstellt. Natürlich wäre dafür ein Besuch in Paris notwendig.
Wieder stieg etwas Heißes in Claras Hals hoch und verwirrte sie.
Müssen Sie denn nicht bald zurück nach Berlin? fragte sie, spürte, daß sie vorsichtig blieb, sich vor einer Verletzung zu schützen suchte.
Rilke begann, unruhig im Raum auf und ab zu gehen, sprach hastig, abgebrochen, mit stumpfer Stimme. Ich konnte mich in den Städten, in

denen ich bisher gelebt habe, nie beheimaten, auch nicht unter den Menschen, mit denen ich zusammentraf. Ihre Gespräche erreichten mich nicht, die Worte blieben bei den Sprechenden und trennten mich von ihnen. Deshalb fühle ich mich in Gesellschaft meist unwohl. Und wenn ich dann den anderen etwas bedeuten wollte, verlor ich mich. Ich reiste hierhin und dorthin, aber nirgendwo kam ich mir anders vor als ein eiliger Besucher. Immer schlossen mich an den falschen Orten die falschen Menschen in die Arme.

Rilke stockte, blieb stehen, und Clara hörte Paulas Schritte, das Klappern von Tellern und die ersten Töne einer Melodie.

Hier aber ist es mir zum erstenmal – außer in Rußland vielleicht – mit Ihnen und Ihren Freunden, als könnte ich eine Heimat finden, einen Ort zu leben und zu arbeiten, in Ruhe, unter Menschen, die ich gleich wiedererkannte, ohne ihnen jemals vorher begegnet zu sein, und wo ich mich sicher bewege, nicht schwerfällig und schwankend wie unter Wasser. Alles erscheint mir plötzlich einfach und klar. Ich möchte den Herbst in dieser Gegend erleben, dabeisein, wenn sich die Farben und Schatten vom Land zurückziehen.

Wo bleibt ihr denn? rief Paula in diesem Moment.

Clara führte Rilke nach draußen und um das Haus herum zur weinbewachsenen Laube auf der Rückseite. Das Blättergeflecht, das sich an den Spitzen schon rötlich färbte, kroch an der Mauer hoch und legte sich als ein Dach über ein schmalstangiges Holzgerüst. Darunter standen ein Tisch, eine Bank und zwei Stühle.
Modersohn hat mir geholfen, so ging's schneller, sagte Paula, stellte eine gefüllte Schüssel vor Clara auf den Tisch und leckte sich die Finger. Und da du mir gesagt hast, daß du dein Kostgeld für diesen Monat vor ein paar Tagen bezahlt hast, dachte ich mir, wir könnten uns ein kleines Festmahl leisten.
Das sieht ja phantastisch aus! schwärmte Clara, bot Rilke einen Platz an und überblickte noch einmal den Tisch, bevor sie sich auf einen Stuhl, nahe dem Küchenfenster, setzte.
Zuerst aßen sie die Holundersuppe, auf der zimtbestäubte Eiweißbällchen schwammen. Eine hiesige Spezialität, lieber Rilke, sagte Modersohn und legte seine Pfeife neben sich auf die Bank, die sollten Sie genießen.
Buchweizenpfannkuchen gab es, Käse und Brot, Apfelstücke mit Rosinen. Die Sonne warf warmes Licht an die Hauswand, Schatten rieselten daran herab.

Modersohn sprach von der letztjährigen Ausstellung in Wien. Kaum zu glauben, daß die Herren von den Akademien endlich das Tageslicht an Stelle des Galerietons akzeptieren, auch, daß der Staub eine Farbe hat, die flimmernde Hitze im Sommer.

Rilke fragte nach den Reaktionen des Publikums und – Haben Sie gut verkauft?

Seine Wangen waren leicht gerötet, ebenso seine Nase. Ein Sonnenbrand, dachte Clara. Wenn Rilke jemandem zuhörte, zog er die Augenbrauen zusammen, runzelte die Stirn, sah den Sprechenden ruhig an, schien unnötige Bewegungen zu vermeiden.

Sie würde nicht mehr vergessen, welche Farbe das Licht hat, wie es schmeckt und riecht. Hände, ineinander verschränkt, würden es halten, die Nacht darin versenken, neue Namen erfinden, nicht Baum oder Wasser und Stein, sondern andere, nie buchstabierte.

Im Traum sah sie immer wieder einen Tunnel vor sich, mit feuchten Mauern, von denen die Kälte zurückschlug und an denen sich warzige Kröten festgesogen hatten. An seinem Ende lag eine Hand auf der Erde, verdorrt, wie eine bloßgelegte Baumwurzel, ledern die Haut, vernarbt. Ungeziefer kroch auf ihr herum.

Als Kind hatte sie oft im Gras gelegen und beobachtet, wie sich am Himmel graue Wolkenfetzen langsam und zielstrebig zusammenschlossen, bis sie sich zu furchterregenden Bildern von Fabelwesen mit rauchenden Nüstern formten. An Wintertagen war sie mit Freunden auf Schlittschuhen von Dorf zu Dorf gelaufen. Sie hatten Fackeln in den Schnee gesteckt, um nachmittags den Weg zurückzufinden und sich lange Sätze in einer Phantasiesprache zugerufen, die nur sie verstanden.

Manchmal sprang sie aus der Zeit heraus, sah sich fortgehen, lief voran oder blieb weit zurück, kannte jeden Schritt im voraus, spürte schließlich, wie sich die Zeitenbilder wieder übereinanderschoben, miteinander verschmolzen.

Clara trank einen Schluck Wasser und nahm ein Stück von dem Ziegenkäse. Ein Kiebitz ließ sich auf einem Zweig der Birke, die nah am Haus stand, nieder, schlug mit den Flügeln und verharrte dann reglos zwischen den Blättern.

Und Ihre weiteren Pläne? Modersohn wandte sich Rilke zu, der gerade seinen Teller fortschob, um ein paar Krümel vom Tisch zu wischen.

Meine Pläne…, wiederholte er, die haben sich geändert, seit ich in Worpswede bin. Eigentlich wollte ich ja zurück nach Berlin, um meine russi-

schen Studien weiter zu betreiben, doch jetzt ist vieles anders. Ich könnte mir vorstellen, hier zu leben, in einem Haus mitten im Moor, an keiner Straße gelegen und von keinem Menschen so schnell zu finden, an einem Ort, dem man sich angleicht, von dem man ununterscheidbar wird wie die Tiere, die in Körpergestalt und Farbe andere nachahmen, um sich zu schützen.
Mit einem bitteren Lächeln erzählte er, daß sein Vater ihm einen Beamtenposten in einer Prager Bank verschaffen wolle. Aber das wäre für ihn entsetzlich, schon der Gedanke daran stürze ihn in eine Hoffnungslosigkeit ohnegleichen.
Vielleicht, dachte Clara, lassen sich Worte ja zur Landschaft fügen, in der die Antwort zu finden ist und in der sich leben läßt, Wortgewebe, Wörter ohne Wurzeln, doch stark genug, um zu tragen.
Der Himmel wurde blasser, und die sinkende Sonne ließ die Schatten wachsen.
Ich habe noch Wein zuhause. Und meine Gitarre werde ich holen. Leihst du mir dein Fahrrad? Paula sprang auf, räumte die Teller zusammen.
Clara half ihr, lachte. Das Rad steht bei Vogeler. Modersohn beschloß, Paula zu begleiten. Es wird nicht lange dauern.

Und für Sie, lieber Rilke, rief Paula, schon im Gehen, werden wir ein hübsches kleines Haus finden, ganz bestimmt!
Clara brachte das Geschirr in die Küche, spülte es ab, während Rilke draußen saß und sich Notizen machte. Ab und zu warf sie einen Blick aus dem Fenster, sah ihn am Tisch sitzen und, wenn er gerade nicht schrieb, den Stift zwischen den Fingern rollen. Als sie fast fertig war, kam er herein. Ich würde gern einen Spaziergang machen. Leisten Sie mir Gesellschaft?
Clara zeigte ihm die Stallgebäude und die Vorratsräume. Dann gingen sie in großem Bogen um das Haus herum. In der aufkommenden Dämmerung nahm alles – Felder, Wiesen, Himmel und Gebäude – eine graue Färbung an. Die vereinzelt stehenden Birken schimmerten im matten Licht.
Beide sprachen sie wenig, beobachteten die langsamen, beinahe unmerklichen Veränderungen um sich herum. Eine Gruppe von Menschen kam über die Felder, ging auf den Hof zu.
Plötzlich blieb Rilke stehen, starrte vor sich hin, die zitternden Hände um seinen Stock.
Was haben Sie? Claras Stimme klang übermässig laut, und die Worte hallten in ihrem Kopf nach.

Rilke reagierte nicht.
Erst als sie ihn an der Schulter berührte, ihn stärker als beabsichtigt festhielt, rührte er sich, rieb sich die Schläfen, murmelte – Verzeihen Sie, verzeihen Sie – und sah sich suchend um.
Sie gingen auf eine Birke zu, und Rilke lehnte sich an ihren Stamm, den Kopf in den Nacken gelegt, die Augen geschlossen. Dann begann er hastig zu sprechen. Sie kommt ganz unvermittelt, braucht weder Nacht noch Fieber als Vorwand. Mitten am Tag, wenn ich mich von Licht und Lärm und Farben gehalten fühle, ist sie mit einem Mal da, reißt mich fort von allem, was mir sicher und vertraut ist, fort in eine ungewisse namenlose Umgebung. Und mit einem Mal wächst die Angst, treibt mich immer mehr in mich zurück, dorthin, wo diese Stimme ist, die mich verhöhnt und keine Ruhe gibt, bis mir der Kopf von ihren schrillen Monologen, die kein Ende finden, bersten will. Meistens beginnt es mit einem Klopfen in den Schläfen, der Körper fühlt sich bleiern an, die Hände werden eiskalt. Oder ich höre jemanden lachen, häßlich lachen, ganz zerbrochen, als stießen Scherben aneinander.
Rilke öffnete die Augen, sah Clara an, lange und still.

Ich schlafe nurmehr flach und angespannt, fuhr er fort. Immer muß ein Fenster offen sein in dem Raum, in dem ich mich aufhalte, besonders nachts, da ich sonst das Gefühl habe zu ersticken. Doch dann ist diese grauenhafte Stille da, die immer dichter, richtig greifbar wird, die mich bedrängt. Erst wenn ich einen Laut höre, einen Vogelruf, eine menschliche Stimme oder das Geräusch einer Maschine, fällt die Angst von mir ab, jäh, wie sie gekommen ist.

Die ganze Zeit über, während Rilke sprach, hatte Clara ein Bild vor Augen, in Schwarz und Weiß gehalten: Einen Menschen, weder Mann noch Frau, ein Zwischenwesen, das sich blind, mit tastenden Händen und unsicheren Schritten um sich selbst drehte, sich stieß, wo kein Widerstand war, zurückschrak, horchte, sich unaufhörlich weiterdrehte.

Nicht in sich selbst hinabstürzen wie in einen leeren Brunnenschacht, dachte sie. Sich nicht zurücktreiben lassen, lieber nackt sein, wehrlos, aber mit offenen Sinnen.

Sie würde Rilke portraitieren, irgendwann, wie immer erst Zeichnungen anfertigen, einen Kreis um den Kopf schlagen, sehen, wo die Kraft des Kopfes und die des Kreises aufeinandertrafen. Vielleicht würde der Kreis den Kopf zusammen-

schieben oder aber das Portrait den Kreis nach außen drängen, ihn sprengen.
Inzwischen war die Sonne ganz untergegangen.
Da ist noch etwas. Rilkes Stimme schien von weit her zu kommen. Im vorletzten Jahr, als ich eine Zeit in Florenz verbrachte, geschah etwas Seltsames. Die Ausstellung eines italienischen Malers wurde eröffnet; eine große Menge drängte sich vor dem Palazzo und wartete darauf, eingelassen zu werden. Auch ich befand mich unter den Wartenden. Mit einem Mal erblickte ich weiter vorne einen älteren Mann, der mich unverwandt ansah. Vor Schreck konnte ich mich nicht rühren, denn – ob Sie es mir glauben oder nicht – der Mann ähnelte mir so sehr, daß ich meinte, vor einem Spiegel zu stehen. Ich konnte meinen Blick lange nicht von ihm lösen. Als zwei spielende Kinder um mich herumliefen, eines davon hinfiel und ich mich bückte, um ihm wieder auf die Beine zu helfen, trat der Mann aus der Schlange der Wartenden heraus. Ich sah ihn fortgehen, aufrecht, aber mit schleppendem Gang. Einen Augenblick überlegte ich, ihm zu folgen und ihn anzusprechen, doch ich war wie gelähmt und nicht imstande, mich zu rühren. Sie können sich gar nicht vorstellen, wie erleichtert ich war, als Vogeler gestern diese Geschichte aus Brügge

erzählte und herauskam, daß selbst solche Übereinstimmungen ohne Bedeutung bleiben können. Denn seit ich den Mann sah, verfolgt mich der Gedanke, daß diese Begegnung mir etwas sagen sollte, vielleicht einen frühen Tod anzeigen oder eine Warnung sein. Aber gehen wir zurück zum Haus, es wird langsam dunkel.

Seine Stimme klang mit einem Mal verändert.

Auf dem Rückweg sprach er von einer alten Truhe, die er geschenkt bekommen habe, fragte, ob es auch in Norddeutschland die Tradition gäbe, Schränke, Truhen und andere Dinge bunt zu bemalen, und Clara hatte Mühe, seine Fragen zu beantworten, seine vorherigen Worte fortzuschieben.

Ringsherum war alles still, der Tag glitt in die Nacht.

Während Rilke sich draußen wieder an den Tisch setzte, holte Clara Gläser und eine Lampe aus der Küche. Als sie zurückkam, waren auch Paula und Modersohn wieder da. Paula füllte gleich beim Schein einer Kerze die Gläser – nur Rilke bat um Wasser –, und Clara sah nach, ob genug Petroleum im Lampenboden war, drehte den Docht kurz und zündete ihn an.

Rilkes Gesicht sprang ins Licht, schmaler und blasser als sonst. Clara stülpte den grünen Schirm über die Lampe, setzte sich. Rilke war schweigsam, schien widerstrebend gegen die plötzliche und ungewollte Nähe.

Modersohn brannte sich eine neue Pfeife an, ein dünner Rauchfaden zog in die Höhe. Zu fest gestopft, murmelte Modersohn, zündelte weiter und sog, bis die Glut ausreichend war. Aus dem Haus drangen Stimmen, die Familie des Bauern legte sich schlafen. Paula nahm ihre Gitarre und probierte leise einige Akkorde aus. Dann erzählte sie von ihrem »Rubensweib«, wie sie es nannte, ihrem momentanen Aktmodell, einem Mädchen, das sich erst energisch dagegen gewehrt hatte, sich auszuziehen, aber Paula hatte sie dann doch zum Halbakt gebracht und schließlich mit einer Mark ganz erweicht. Meist klagten die Armenhäusler, wenn sie drei Stunden stillgesessen hatten, über ein taubes Hinterteil, und Anni Brotmann hatte sogar gemeint, das Modellsitzen sei ja noch schlimmer als Torfstechen.

Das muß ich mir aufschreiben, sagte Rilke lachend und zog sein Notizbuch aus der Tasche. Wie viele Menschen, sprach er weiter, würden unserem Zusammensitzen jetzt die Bezeichnung »Trägheit« oder »Faulheit« geben, aber das ist nur der hierzulande verbreitete Übereifer fürs Unwichtige. Dabei gibt es eine eigene Poesie der

Trägheit, des schöpferischen Nichtstuns, indem der Mensch abwartend und geduldig in seiner eigenen Schwere ausruht und seinen Gedanken die Möglichkeit gibt, sich im freien Raum auszubreiten. In Rußland habe ich Menschen so erlebt. Nicht umsonst ist Oblomow eine der beliebtesten Figuren. In der scheinbaren Untätigkeit werden Wirklichkeiten geschaffen, die langsam und allmählich auf die Menschen zukommen.

Meinen Sie etwa die Revolution? warf Modersohn mit sonst bei ihm nicht üblichem, leicht ironischem Unterton ein und nahm die Pfeife aus dem Mund. Natürlich kann man mit dem Handeln warten, bis ein Staat dermaßen morbide und zerrüttet ist, daß er zusammenbricht; man braucht den Blick ja nur auf Österreich-Ungarn zu werfen, lang kann es da nicht mehr gutgehen. Aber Rußland, ich weiß nicht. Liegt in dem Fall nicht eine völlig andere Situation vor?

Rilke rückte seinen Stuhl zurück und verschränkte die Arme. An das Politische habe ich jetzt gar nicht gedacht, erwiderte er, ohne Modersohn anzusehen, ich dachte an die Beziehung des Menschen zum Überirdischen. Die Russen verstehen es, ruhig wie die Dinge zu werden und einen Gott in sich aufzubauen. Dieser Gott, ein »russischer« Gott sozusagen, ist unbestimmt und unscheinbar, er ist ein kommender, einer, der wächst, wenn sich der Mensch der Schwerkraft der Seele hingibt, eine noch dunkle, sich verwandelnde Gestalt.

Ein Phänomen also, das sich gar nicht klar darstellen läßt, oder? unterbrach ihn Clara.

Ja, genau. Ein unvollendetes Bild, eines, das erst in den Händen des Menschen wird, von ihm erdacht und doch schon immer dagewesen.

Dieser Gedanke gefällt mir, sagte Paula und legte die Gitarre beiseite. Ich konnte mir einen Gott nie als einheitliche Persönlichkeit vorstellen, ich kannte immer nur Stücke von ihm, gute und schreckliche Teile. Das würde ich mir wünschen: An einen Punkt glauben zu können, um den alles kreist, aber es gelingt mir nicht. Für mich ist das Göttliche die Natur, die das Leben hat, Geburt und Tod, das Allverwandte, das den Menschen mit der Kunst und der Natur verbindet, und das möchte ich auch in meine Malerei übertragen. So sieht eben mein Weg aus, in den Himmel zu kommen.

Paula lächelte und griff wieder nach ihrer Gitarre. Im Schein der Lampe wirkten Augen und Nase noch größer als sonst, bestimmten das Gesicht, das im taghellen Licht oft vogelartig war, jetzt aber weich und in die Breite gezogen schien.

Clara erinnerte sich an ein Gespräch mit den Eltern, kurz nach ihrer Rückkehr aus Paris. Sie hatten nach dem Mittagessen noch zusammengesessen und einen türkischen Kaffee getrunken. Übervoll von dem Erlebnis der Arbeit in Rodins Atelier, von dem, was er sagte, während er seinen Schülern an einem Stück Ton etwas demonstrierte, gab Clara seine Worte wieder. Nicht das Hersagen eines Glaubensbekenntnisses sei Religion, sondern das Einfühlen in das Unerklärliche, die unbekannte weltlenkende Kraft, die dem Menschen, den Dingen, der Natur ihr Gesicht verleihe; Sehnsucht nach dem Wissen sei die Religion, eine trügerische Verheißung vielleicht, doch einziger Lebensantrieb, die Möglichkeit, jenseits des Verhüllenden die Wahrheit zu entdecken.

Der Vater war böse geworden, hatte etwas von mystischem Geschwätz gemurmelt und das Zimmer verlassen.

Mit den Worten – Du kennst ihn doch, mit derlei Gedanken darfst du ihm nicht kommen – und einem freundlichen Händedruck hatte die Mutter ein Buch zur Hand genommen und zu lesen begonnen. Und Helmuth, wo war er gewesen? Clara konnte sich nicht daran erinnern, nur an die weißen Punkte auf der Tischdecke, auf die sie

gestarrt hatte, und an das Gefühl, als schlüge eine Tür in ihr zu.
Vielleicht wird ja wirklich etwas aus Rilkes Arbeit über Rodin, dachte Clara jetzt, zwei so unterschiedliche Menschen, und doch schien eine Annäherung möglich.
Sie beobachtete Rilke, wie er nach seinem Glas griff, mit den Augen Paulas Händen auf der Gitarre folgte. Das Bild von den Potemkinschen Dörfern fiel ihr ein: Rilke hatte Rußland möglicherweise gar nicht gesehen, nur sein Inneres vor seine Augen geschoben, Ausweitung seiner selbst gesucht. Besser sich einen Ort zu erdenken, wo Gehen nicht das Betreten von fremdem, feindlichem Gebiet bedeutet, als ihn gar nicht zu finden.
Clara zog die Schultern zusammen, sie fror. Ein kühler Nebel begann aus den Feldern aufzusteigen, er bildete eine milchige Wand.
Laßt uns hineingehen, hier wird es ungemütlich, schlug Clara vor.
Sie packten die wenigen Sachen zusammen, Gläser, die Flasche Wein, die Gitarre, den Wasserkrug. Rilke trug die Lampe. Die Kühe muhten leise, als sie durch die Diele gingen.
Die denken sicher, es geht wieder los, sagte Rilke.

O nein, Kühe haben eine Uhr im Bauch und wissen, wann der Morgen kommt, antwortete Paula schon aus Claras Zimmer.
Clara stellte die Lampe auf den Tisch, schloß eines der Fenster und verteilte Kissen.
Das ist die richtige Stimmung für Gespenstergeschichten, meinte Modersohn. Wie wär's, Paula, hast du nicht noch etwas aus deinem englischen Fundus anzubieten?
Paula überlegte, goß den anderen und sich Wein nach – Haben Sie noch genug Wasser, Rilke? – überlegte weiter. Da muß ich erst ein wenig in meinem Gehirn kramen.
Sie machten es sich auf dem Boden bequem. Rilke saß neben Clara, wirkte ruhiger, gelöster als vorhin. Sie merkte, daß er mit seinen Blicken ihr Gesicht abtastete. Auf seine Bitte hin zündete sie zwei Kerzen an, stellte sie zu ihnen auf den Boden.
Paula begann zu erzählen, verlor ein paarmal den Faden, fing sich wieder. Eine Geschichte über ein Haus, in dem es spukt, natürlich in England, wo sonst, und einen mutigen jungen Mann, der mit seinem Freund und seinem Hund eine Nacht darin verbringt, da er sich und der Öffentlichkeit beweisen will, daß es sich bei dem Spuk nicht um Geister, sondern um menschliche Kräfte und

Magnetismus handelt. Wandernde Stühle, Fußabdrücke, die sich plötzlich auf der Erde formen, Türen, die sich von selbst öffnen und wieder schließen, Lichterspiel, mysteriöse Briefe, das Geräusch von Schritten. Der Freund flieht, und der mutige Experimenteur findet sich allein im Haus. Das Spukgeschehen steigert sich: Kalte Schatten tauchen auf, die Kerzen verlöschen, zwei gespenstische Menschen, ein Mann und eine Frau, setzen sich an einen Tisch, dahinter erscheint das Gesicht eines Ertrunkenen, bleifarben und mit tropfendem Haar. Schlagartig verschwindet der Spuk wieder.
Sie lachten, wenn einer von ihnen zusammenfuhr. Clara genoß das Kribbeln in den Gliedern, das Schaudern und die kleinen Momente des Erschreckens. Paula trank schnell einen Schluck Wein und erzählte dann weiter.
Am Morgen findet der Mann seinen Hund mit gebrochenem Genick, und eine Untersuchung der Angelegenheit ergibt, daß die mysteriösen Briefe dem Gespensterpaar gehören und daß es da eine Liebes- und Mordgeschichte gegeben hat sowie einen Fluch, der über das Haus verhängt worden ist. Man findet schließlich ein Büchlein unter dem Fußboden, das den Fluch enthält, und daraufhin ist das Haus spukfrei.

Rilke steuerte noch eine Geschichte von einer verwunschenen Flöte bei, die ein Universitätsprofessor und Hobbyarchäologe, der selbstverständlich nicht an Übersinnliches glaubt, auf einem alten Klosterhof findet. Er flötet damit den Wind und ein Gespenst herbei, das sich allnächtlich aus den Laken des zweiten Bettes in seinem Hotelzimmer zu menschlicher Gestalt formt und ihn plagt, bis die Flöte ins Meer geworfen wird.

Als Paula zusammenzuckte, weil vor dem Fenster etwas geraschelt hatte, kicherten und prusteten sie wieder los.

Pscht, nicht so laut, warnte Clara und legte einen Finger an die Lippen, sonst wecken wir die Kühe, und sie mußte wieder lachen. Die Müdigkeit gab ihr das Gefühl, ganz leicht, beinahe körperlos zu sein; ihre Stimme klang ihr fremd.

Eine der Kerzen war abgebrannt, und Rilke stand auf, um eine neue vom Tisch zu nehmen. Dabei stieß er sich an einem Stuhl.

Haben Sie sich wehgetan? Clara sprang hoch. Rilke verneinte, gab ihr die Kerze.

Na, und wenn schon, meinte Paula, ein bißchen Schmerz erhöht die Kreativität. Sagt der Bürger. Ein Riß im Finger, und Sie würden ein wunderbares Gedicht schreiben!

Sie hielt inne, auch die anderen schwiegen. Entschuldigung, sagte sie dann, das war jetzt etwas bissig und eigentlich auch gar nicht auf Sie gemünzt.
Paula. Manchmal war ihre Zunge zu schnell. Clara kannte das, konnte ihr nichts übelnehmen. So war sie nun einmal und gleich darauf bestürzt wie ein Kind.
Rilke lachte leise. Es macht nichts, außerdem handelt es sich wirklich um eine falsche Meinung. Vielleicht trifft sie auf einen kleinen lichtscheuen Kummer zu, aber nicht auf den Schmerz. Der macht stumm wie ein Tier, versiegelt den Mund. Arbeit ist dann nicht möglich, die Worte zerfließen, die Sätze gerinnen, werden starr, eine Festung, die sich nicht erobern läßt. Erst wenn der ganz schlimme Schmerz nachläßt, kann ich mich den Worten wieder nähern, sie werden geschmeidig, willenlos unter dem Federhalter wie die Farbe unter dem Pinsel oder der Ton in Ihren Händen, Clara. Manchmal drängen sie mit aller Gewalt und rücksichtslos heran, oder sie kommen leise, wie tastend, als würden sie noch nicht an ein Ende des Schmerzes glauben.
Modersohn ging ans Fenster, warf einen Blick hinaus. Schmerz, Liebe, Tod, sagte er, diese Wör-

ter werden groß genannt, weil man sich vor ihrer Einfachheit fürchtet. Wenn man sie nur malen könnte, ohne falsches Pathos, ohne dem Streben nach filigranen Gedanken und Gefühlen, das alles unwahr werden läßt. Vielleicht tun es unsere Nachfolger; wir können es nicht, wir leben zu sehr im Treibhausklima der Künstlichkeit, auch wenn wir uns tagtäglich davon zu befreien suchen, besonders wir Worpsweder. Aber sehen Sie – er deutete nach draußen – der Nebel löst sich auf, es wird einen schönen Morgen geben.

Aus der Viehdiele kamen jetzt die Geräusche des Melkens, das Brummen der Kühe und das Zischen, wenn die Milch in die Eimer schoß.

Clara stand auf, um in der Küche ein Frühstück zu bereiten, Rilke folgte ihr. Da war ein neues Einverständnis zwischen ihnen, eine gläserne Wand schien gefallen zu sein, und alle Bewegungen, Gesten, das Reichen des Brotes, des Geschirrs, das Zusammenspiel der Hände und Gedanken, schien lange gewohnt.

Beim Frühstück sahen sie dem Morgen zu, wie er die Konturen schärfer werden ließ, die Dinge in immer neue Töne von Grau tauchte, wie die Farben erwachten.

Der Duft des Malzkaffees, der frischen Milch und der Geschmack des Brotes nahmen alle Müdig-

keit von Clara. Sie ging hinüber zu der Wanne mit dem vorbereiteten Ton, prüfte, ob er feucht genug war. Paula und Modersohn besprachen, wo sie ihre Staffeleien aufstellen wollten, beschlossen aber dann, sich für den Tag zu trennen, da Modersohn sich den alten Garten eines Bauernhauses ausgesucht hatte und Paula einfiel, daß sie mit einem Mann aus dem Armenhaus vereinbart hatte, ihn am Vormittag zu zeichnen. Rilke wollte sich in sein Zimmer auf dem »Barkenhoff« zurückziehen, um Notizen zu überarbeiten.
Dann brachen sie auf; Clara begleitete sie ein Stück. Der anbrechende Tag zerstreute mit seinem Licht die Schatten. Das Gras auf den Wiesen war feucht vom Tau.
Paula pflückte einen Strauß Blumen für ihr »Lilienatelier« – So hat Rilke es genannt, wegen des Wandbehangs, sagte sie zu Clara und streichelte den Stamm einer Birke.
Wie Kerzen oder Säulen, die auf einen antiken Tempel zuliefen, standen die Bäume da, hell schimmernd und schmal.
Clara schlug ein Rad, landete hart auf den Füssen.
Aber Fräulein Westhoff, die Röcke fliegen! sagte Paula, gespielt vorwurfsvoll, gab ihr den Strauß Blumen. Nimm du ihn. Er soll für dich sein.

Am Ende der Allee trennten sie sich. Rilke drückte Clara einen gefalteten Zettel in die Hand, wich ihren Augen nicht aus, schlug den Blick nicht nach innen, nicht mehr an diesem Morgen.
Modersohn bedankte sich bei ihr. Wie wäre es, wenn Sie mich wieder einmal in meinem Atelier besuchten? Ich habe neue Bilder und Vogeleier, die Sie noch nicht kennen.
Eine kuriose Zusammenstellung, nicht wahr?
Paula umarmte Clara. Sei fleißig, aber das bist du ja. Aus uns zweien muß etwas werden, unbedingt!
Kommen Sie bald zum »Barkenhoff«, wenn Sie genug gearbeitet haben. Ich werde da sein. Rilke verneigte sich leicht.
Ja, ich werde kommen. Und grüßen Sie Vogeler.
Auf dem Rückweg faltete Clara das Papier, das Rilke ihr gegeben hatte, auseinander, drehte sich noch einmal um, winkte Paula, die ein Tuch in der Luft schwenkte, las, während sie langsam weiterging:

Zu solchen Stunden gehn wir also hin
und gehen jahrelang zu solchen Stunden;
auf einmal ist ein Horchender gefunden –
und alle Worte haben Sinn.

Dann kommt das Schweigen, das wir lang
erwarten,
kommt wie die Nacht, von großen Sternen breit:
zwei Menschen wachsen wie im selben Garten,
und dieser Garten ist nicht in der Zeit.

Und wenn die beiden gleich darauf sich trennen,
beim ersten Wort ist jeder schon allein,
sie werden lächeln und sich kaum erkennen,
aber sie werden beide größer sein...

Er hatte in der Weinlaube gesessen und etwas aufgeschrieben, gestern, während sie in der Küche hantierte.
Wörter, Sätze, die sich in ihrem Kopf einnisteten, auf ihrem Weg kleine Brandmale hinterließen.
Sie würde arbeiten, gut arbeiten, das spürte sie.
Der Ton war vorbereitet, sie konnte gleich anfangen. Ein hockendes Mädchen, die Arme fest um die angezogenen Knie geschlungen.
Clara verließ die Birkenallee, ging über eine Wiese, auf der verwachsene Obstbäume standen.
Unter einem von ihnen setzte sie sich ins Gras, öffnete ihre Schuhe und schüttelte Erde heraus.
Die Sonne kam hinter einer Wolke hervor, warf ein Mosaik auf Claras Kleid, runde Flecken von Äpfeln und Apfelblättern.

Septembertage voll schweren Lichts, die Erinnerungen streuten. Der Sommer fiel, nicht einmal das Gewebe aus Vogelstimmen konnte ihn halten. Zwei Boote, die sich in der Mitte eines Flusses begegnen. Das Geräusch ihrer Ruder verhallt.
Clara stand auf, schob Rilkes Papier unter den Gürtel ihres Kleides, nahm den Strauß Blumen und ging weiter.
Sie würde die Zeit trinken, die Minuten einzeln auf ihre Stirn tropfen lassen. Haut um Haut abstreifen, die Aschekleider von sich werfen, den Moosgeschmack von der Zunge vertreiben. Gehen, einfach gehen.

Brigitte Doppagne, geb. 1961 in Köln. Studium der Germanistik, Völkerkunde und Anglistik. Lyrikveröffentlichungen in verschiedenen Zeitschriften. Erhielt 1990 das Barkenhoff-Stipendium/Worpswede und 1992 das Stipendium der Akademie Schloß Solitude/Stuttgart.

Die biographischen Romane von Peter Härtling im Luchterhand Literaturverlag

Die dreifache Maria
Eine Geschichte
96 Seiten. Sammlung Luchterhand 476
»In ihrer Zartheit und Zärtlichkeit und in ihrer zuweilen wie sorglos scheinenden Verspieltheit, die ein wichtiges Element auch im Leben und Schaffen Mörikes ist, wird die Erzählung diesem Dichter gerecht, spiegelt sie die starke Widersprüchlichkeit, aus der Mörikes Dichtung erwuchs.« *Frankfurter Allgemeine Zeitung*

Hölderlin
Ein Roman
522 Seiten. Gebunden
Luchterhand Bibliothek
»Dieses Buch ist ein Novum in der kaum noch überblickbaren Hölderlin-Literatur, ein originelles Gebilde von Rang; substanzreich, kritisch gesichtet, dichterisch atmend.«
Robert Minder

Niembsch oder Der Stillstand
Eine Suite
176 Seiten. Sammlung Luchterhand 189
In diesem erotischen Roman setzt sich Peter Härtling nach dem Muster einer musikalischen Suite und am Beispiel einer historischen Person, dem Dichter Nikolaus Lenau, mit dem Thema Zeit, Erinnerung und Stillstand der Zeit auseinander.

Die biographischen Romane von Peter Härtling im Luchterhand Literaturverlag

Schubert
Zwölf Moments musicaux und ein Roman
333 Seiten. Gebunden
Franz Schubert: Genie, leiser Rebell, unglücklich Liebender. Mit sicherem Blick für das Wesentliche zeichnet Peter Härtling in seinem neuen Roman »Schubert« Stationen des Lebens von Franz Schubert nach, der, umgeben von Freunden und Bewunderern, in eine immer tiefere Einsamkeit gerät.
»Schöner wurde dieses Leben nie in Worte gesetzt.«
Wolf Scheller

Waiblingers Augen
Roman
208 Seiten. Sammlung Luchterhand 886
»Es dürfte denn auch den eigentümlichen Reiz, ja Zauber des Buches von Peter Härtling ausmachen, daß Waiblinger ein Kind seiner Zeit bleibt . . . und daß doch in der Sprache von damals unversehens eine Stimme von heute vernehmbar wird.« *Neue Zürcher Zeitung*

Gerhard Köpf im Luchterhand Literaturverlag

Borges gibt es nicht
Eine Novelle
176 Seiten. Gebunden
Ein Leben von und in der Literatur.

Piranesis Traum
Roman
256 Seiten. Gebunden
Träume und Alpträume des Kupferstechers und verhinderten Baumeisters Giovanni Battista Piranesi (1720–1778).

Die Strecke
Roman
424 Seiten. Sammlung Luchterhand 1016
Die Geschichte eines Bahnwärters, dessen Strecke stillgelegt werden soll.

Vom Schmutz und vom Nest
Aufsätze aus zehn Jahren
190 Seiten. Sammlung Luchterhand 986
Urteilssichere Texte zu Schriftstellern und zum eigenen Schreiben.

Hans Sahl im Luchterhand Literaturverlag

Die Wenigen und die Vielen
Roman einer Zeit
288 Seiten. Sammlung Luchterhand 1008
Einer der großen Romane über das Exil.

Der Tod des Akrobaten
Erzählungen
189 Seiten. Gebunden
Mit diesem Band liegen Hans Sahls Erzählungen gesammelt vor, darunter auch bislang unveröffentlichte: Geschichten aus den Zwanziger Jahren bis in die Gegenwart.

Wir sind die letzten. Der Maulwurf
Gedichte
184 Seiten. Broschur
Selbstbefragung und Botschaften eines Überlebenden an unsere Zeit.

Memoiren eines Moralisten
240 Seiten. Sammlung Luchterhand
Ein brillant geschriebener Lebensbericht über deutsche Geschichte von 1902–1933.

Das Exil im Exil
Memoiren eines Moralisten II
228 Seiten. Gebunden
Ein unbestechlicher Zeuge unseres Jahrhunderts erinnert sich.

»Und doch ...«
Essays und Kritiken aus zwei Kontinenten
272 Seiten. Sammlung Luchterhand 980
Scharfsinnige Kritiken und Essays aus den Jahren 1925–1991.

Briefe und Tagebücher im Luchterhand Literaturverlag
Eine Auswahl

Karoline von Günderrode
Der Schatten eines Traumes
Gedichte, Prosa, Briefe
Zeugnisse von Zeitgenossen
Herausgegeben von Christa Wolf
Sammlung Luchterhand 348

Fanny Mendelssohn
Italienisches Tagebuch
Herausgegeben von Eva Weissweiler
Sammlung Luchterhand 1123

Franziska Gräfin zu Reventlow
Tagebücher 1895–1910
Herausgegeben von Else Reventlow
Sammlung Luchterhand 1026

»Fresse schon meine Fingerspitzen wie Spargelköpfe«
Bettel- und Brandbriefe
Herausgegeben von Birgit Vanderbeke
Sammlung Luchterhand 913

Ulrike Edschmid im Luchterhand Literaturverlag

Diesseits des Schreibtischs
Lebensgeschichten von Frauen schreibender Männer
Mit einem Vorwort von Barbara Hahn
272 Seiten. Sammlung Luchterhand 908
Hier kommen die zu Wort, die sonst ohne eigene Stimme neben einem schreibenden Mann leben.

Verletzte Grenzen
Zwei Frauen, zwei Lebensgeschichten
219 Seiten. Gebunden
Lotte Fürnberg und Monica Huchel: zwei Biographien, die ein Stück Zeitgeschichte sind.